人猿泰山全译精编插画系列（全25种）

人猿泰山
之
禁城疑云

［美国］埃德加·赖斯·巴勒斯/著

何忠宝/译

Tarzan and the Forbidden City
by Edgar Rice Burroughs

图书在版编目（CIP）数据

人猿泰山之禁城疑云 /（美）埃德加·赖斯·巴勒斯著；何忠宝译. -- 上海：上海文艺出版社，2018
（人猿泰山全译精编插画系列）
ISBN 978-7-5321-6729-6

Ⅰ.①人… Ⅱ.①埃…②何… Ⅲ.①长篇小说－美国－现代 Ⅳ.① I712.45

中国版本图书馆 CIP 数据核字 (2018) 第 106454 号

书　　名：人猿泰山之禁城疑云
著　　者：[美国] 埃德加·赖斯·巴勒斯
译　　者：何忠宝
责任编辑：李震宇
装帧设计：周　睿
责任督印：张　凯

出　　版：上海文艺出版社
出　　品：上海故事会文化传媒有限公司
　　　　　（200020　上海市绍兴路74号　www.storychina.cn）
发　　行：上海文艺出版社发行中心
　　　　　（上海市绍兴路50号）
印　　刷：上海中华印刷有限公司
开　　本：889毫米x1194毫米　1/32　印张7.5
版　　次：2018年7月第1版　2018年7月第1次印刷
ISBN：978-7-5321-6729-6／I · 5372
定　　价：25.00元

版权所有·不准翻印

上海故事会文化传媒有限公司 出品（00792）www.storychina.cn

上海故事会文化传媒有限公司所有图书可办理邮购，免收邮费（挂号除外）
汇款地址：上海市绍兴路74号(200020)　　收款人：上海故事会文化传媒有限公司出版发行部
联系电话：021-64338113
如发现本书有质量问题，请与印刷厂质量科联系 T：021-60829062

人猿泰山全译精编插画系列（全25种）
编　委　会

总　策　划：夏一鸣

主　　编：黄禄善

副 主 编：高　健

编辑成员

（按姓氏笔画为序排列）

田　芳　　朱崟滢　　李震宇　　张雅君

胡　捷　高　健　夏一鸣　黄禄善　詹明瑜　蔡美凤

百年文学经典 文化传播之最
人猿泰山驰骋的奇幻世界

黄禄善

　　美国文学史上不乏这样的作家：他们生前得不到学术界承认，死后多年也不为批评家看好，然而他们却写出了最受欢迎的作品，享有最大范围的读者。本书作者埃德加·赖斯·巴勒斯即是这样一位作家。自1912年至1950年，他一共出版了一百多本书，这些书涉及多个通俗小说门类，而且十分畅销，其中不少被译成多种文字，在世界各地广为流传。当代科幻小说大师亚瑟·克拉克曾如此表达对他的敬仰："埃德加·赖斯·巴勒斯具有重要地位。是巴勒斯，激起了我的创作兴趣。"另一位著名通俗小说家雷·布莱德伯利也说："埃德加·赖斯·巴勒斯也许可以称为世界历史上最有影响力的作家。"然而，正是这个被众人交口称誉的作家，对前来采访的记者说："我不认为我的作品是'文学'。"而且，面对众多书迷的"如何走上文学道路"的提问，他也只是轻描淡写地回答："那是因为我需要钱。我35岁时，生活中的一切尝试都宣告失败，只好开始搞创作。"

　　确实，埃德加·赖斯·巴勒斯在从事文学创作前，有过一段十分坎坷的生活经历。他于1875年9月1日出生在美国芝加哥，父亲是南北战争期间入伍的老兵，后退役经商。儿时的巴勒斯对未来充满了幻想，曾对人夸口说父亲是中国皇帝的军事顾问，自己住在北京紫禁城，并在那里一直待到10岁才回国。但是，后来的事实表明，这一良好愿望只不过是一团泡影。从密歇根军事学院毕业后，他在美国骑兵部队服役，不久即为谋生四处奔波。他先后尝试了许多工作，包括警察和推销商，但均不成功。1900年，他和青梅竹马的女友结婚，之后两人育有两儿一女。接下来的日子，埃德加·赖斯·巴勒斯是在贫困中度过的。为了养家糊口,他开始替通俗小说杂志撰稿。他的第一部小说《在火星的卫星下》于1912年分六集在《故事大观》连载。这部小说即刻获得了成功,为他赢得了初步的声誉。同年,他又在《故事大观》推出了第二部小说,亦即首部"泰山"小说。这部小说获得了更大成功。从此,他名声大振,稿约不断,平均每年出版数部书。第二次世界大战期间,他以66岁的高龄奔赴南太平洋,当了战地记者。1950年3月19日,埃德加·赖斯·巴勒斯因心力衰竭在美国逝世。

埃德加·赖斯·巴勒斯是美国文学史上第一个重要的通俗小说家。他一生所创作的通俗小说主要有四大系列。第一个是"火星系列",包括《火星公主》《火星众神》和《火星军魁》。该"三部曲"主要讲述一位能超越死亡界限、神秘莫测的地球人约翰·卡特在火星上的种种冒险经历。第二个系列为"佩鲁塞塔历险记",共有七部。开首是《在地心里》,以后各部依次是《佩鲁塞塔》《佩鲁塞塔的塔纳》《泰山在地心里》《返回石器时代》《恐惧之地》《野蛮的佩鲁塞塔》,主要讲述主人公佩鲁塞塔在钻探地下矿藏时,不小心将地壳钻穿,并惊讶地发现地球核心像一个空心葫芦,那里住着许多原始人,还有许多古生动物和植物。1932年,《宝库》杂志开始连载埃德加·赖斯·巴勒斯的第三个系列,也即"金星系列"的首部小说《金星上的海盗》。该小说由"火星系列"衍生而出,但情节编排完全不同。主人公卡森·内皮尔生在印度,由一位年迈的神秘主义者抚养成人,并被教给各种魔法,由此开始了金星上的冒险经历。该系列的其余三部小说是《金星上的迷失》《金星上的卡森》和《金星上的逃脱》。第五部已经动笔,但因"二战"爆发而搁浅。

尽管埃德加·赖斯·巴勒斯的"火星系列""佩鲁塞塔历险记"和"金星系列"奠定了他的美国早期重要通俗小说作家的地位,但他成就最大、影响也最大的是第四个系列,也即"人猿泰山系列"。该系列始于1912年的《传奇诞生》，终于1947年的《落难军团》，外加去世后出版的《不速之客》，以及根据遗稿整理的《黄金迷城》，总共有25种之多。中心人物泰山是一个英国贵族后裔，幼年失去双亲，由母猿卡拉抚养长大。少年泰山不仅学会了在西非原始森林的生存本领，还具有人类特有的聪慧。凭着这一人类特性，他懂得利用工具猎取食物，并从生父遗留下来的看图识字课本上认识了不少英文词汇。随着时光流逝，他邂逅美国探险家的女儿简·波特，于是生活发生急剧变化，平添了无数波折。接下来的《英雄归来》《孤岛求生》等续集中，泰山已与简·波特结合，生了一个儿子，并依靠猿人和大象的帮助，成了林中之王，又通过一个非洲巫师的秘方，获取了长生不老之术。再后来，在《绝地反击》《智斗恐龙》《大战狮人》《神秘豹人》等续集中，这位英雄开始了种种令人惊叹的冒险，足迹遍及整个西非原始森林、湮没的大陆。

　　从小说类型看，"人猿泰山系列"当属奇幻小说。西方最早的奇幻小说为英雄奇幻小说，这类小说发端于古希腊荷马史诗《伊利亚特》和《奥德赛》，成形于19世纪末英国小说家威廉·莫里斯的《世界那边的森林》，其主要模式是表现单个或群体男性主人公在奇幻世界的冒险经历。他们多为传奇式人物，有的出身卑微，必须经过一番奋斗才能赢得下属的尊敬；有的是落难王子，必须经过一番曲折才能恢复原有的地位。在冒险中，他们往往会遭遇各种超自然邪恶势力，但经过激烈较量，正义战胜邪恶，一切以美好告终。人猿泰山显然属于"落难王子"型主人公。他本属英国贵族后裔，却无端降生在无名孤岛，并险些丧命。在人迹罕至的西非原始森林，他与野兽为伍，经历了难以想象的生存危机。终于，他一天天长大，先后战胜大猩猩和狮子，又打死猿王哥查，并最终成为身强力壮、智慧超群的丛林之王。值得注意的是，埃德加·赖斯·巴勒斯在描写人猿泰山的这些经历时，并没有简单地套用英雄奇幻小说的模式，而是融入了自己的创造。一方面，他删去了"魔法""仙女""精灵"等超自然因素；另一方面，又增加了较多的现实主义成分。人们在阅读故事时，并不觉得是在虚无缥缈的奇幻天地漫步，而是仿佛置身栩栩如生的现实主义世界。正因为如此，"人猿泰山系列"比一般的纯英雄奇幻小说显得更生动、更令人震撼。

毋庸置疑，人猿泰山驰骋的奇幻世界是"人猿泰山系列"的又一大亮点。在构筑这一虚拟背景时，埃德加·赖斯·巴勒斯显然借鉴了亨利·哈格德的创作手法。亨利·哈格德是19世纪英国著名小说家，自80年代中期起，他根据自己在非洲的探险经历，创作了一系列以"遗忘的年代、湮没的城市"为特征的奇幻作品。譬如《所罗门王的宝藏》，述说一个名叫阿兰的猎手在两千多年前的奇幻王国觅宝，几经曲折，终遂心愿。又如《她》，主人公是非洲一个奇幻原始部落的女统治者，她精通巫术，具有铁的统治手腕，但对爱情的执着酿成了她一生最大的悲剧。"人猿泰山系列"的故事场景设置在人迹罕至的原始森林，在那里，虎啸猿鸣，弱肉强食，险象环生。正是在这一极端恶劣的环境中，泰山进行了种种惊心动魄的冒险。在后来的续篇中，埃德加·赖斯·巴勒斯还让泰山的足迹走出西非原始森林，到了传说中的亚特兰蒂斯、废弃的亚马逊古城，甚至神秘的太平洋玛雅群岛。所有这些埃德加·赖斯·巴勒斯笔下的荒岛僻壤，与《所罗门王的宝藏》《她》中"遗忘的年代，湮没的城市"如出一辙。

如果说，亨利·哈格德的"遗忘的年代，湮没的城市"给"人猿泰山系列"提供了诡奇的故事场景，那么给这个场景输血补液的则是西方脍炙人口的动物小说。据埃德加·赖斯·巴勒斯的传记，儿时的他曾因体弱多病辍学，并由此阅读了大量西方文学著作，尤其是鲁德亚德·吉卜林的《丛林故事》、欧内斯特·西顿的《野生动物集》、杰克·伦敦的《野性的呼唤》。这些小说集动物故事、探险故事、寓言故事、爱情故事、神秘故事于一体，给埃德加·赖斯·巴勒斯以深刻印象。事实上，他在出道之前，为了给自己的侄儿、侄女逗乐，还写了一些类似的童话故事，其中一篇还在《黑马连环漫画》上刊登。西方动物小说所表现的是达尔文和斯宾塞的"物竞天择""适者生存"，体现了自然主义创作观。以杰克·伦敦的《野性的呼唤》为例，主要角色布克原是法官的看家狗，过着养尊处优的生活。但有一天，它被盗卖，并辗转来到冰天雪地的阿拉斯加，当起了运输工具。在那里，布克感到自然法则无处不在：狗像狼一般争斗，死亡者立刻被同类吃掉。但它很快学会了生存，原始的野性和狡诈开始显现，并咬死了凶残的领头狗，最终为主人复仇，加入了荒野的狼群。"人猿泰山系列"尽管将"弱肉强食"的雪橇狗变换成了虎、狮、猿以及由猿抚养长大的泰山，但这些人猿、半人半兽之间的殊死争斗同样表现出"生存斗争"的残忍。特别是泰山攀山越岭、腾掠树梢，战胜对手后仰天发出的一声长啸，同杰克·伦敦笔下布克回到河边纪念它的恩主被射杀时的长嚎简直有异曲同工之妙。

鉴于"人猿泰山系列"成书之前曾在《故事大观》《宝库》等杂志连载，不可避免地带有杂志文学的某些缺陷，如情节雷同、形象单调，等等。历来的文论家正是根据这些否定"人猿泰山"的文学价值，否定埃德加·赖斯·巴勒斯的文学地位。但"二战"以后，尤其是20世纪70年代之后，随着西方通俗文化热的兴起，学术界对于"泰山"小说的看法有了转变，许多研究者都给予积极评价，肯定埃德加·赖斯·巴勒斯的美国奇幻小说鼻祖地位。而且，"读者接受"是评价一部作品的最佳试金石。"人猿泰山系列"刚一问世，即征服了美国无数读者，不久又迅速跨出国界，流向英国、加拿大和整个西方。尤其在芬兰，读者简直到了如痴如醉的地步。一本本英文原著被译成芬兰语，一版再版，很快取代其他本土小说，成为最佳畅销书。更有甚者，许多西方作家，包括芬兰、阿根廷、以色列以及部分阿拉伯国家的作家，在埃德加·赖斯·巴勒斯去世后，模拟他的套路，创作起了这样那样的"后泰山小说"。世纪之交，埃德加·赖斯·巴勒斯的"人猿泰山系列"再度在西方发酵，以劳雷尔·汉密尔顿、尼尔·盖曼、乔·凯·罗琳为代表的一大批作家，基于他的"泰山"小说模式，并结合其他通俗小说要素，推出了许多新时代的奇幻小说——城市奇幻小说，并创造了这类小说连续数年高踞《纽约时报》畅销书排行榜的奇观。而且，自1918年起，"泰山"小说即被搬上银幕。以后随着续集的不断问世，每年都有新的"泰山"影片上映和电视剧播放，所改编的影视版本之多，持续时间之长，观众场面之火爆，创西方影视传播界之"最"。2016年，华纳兄弟影业又推出了由大卫·叶茨导演、亚历山大·斯卡斯加德等众多知名演员加盟的真人3D版好莱坞大片《泰山归来：险战丛林》。21世纪头十年，伴随迪士尼同名舞台剧和故事软件的开发，"泰山"游戏又迅速占领电脑虚拟世界，成为风靡全球的少年儿童宠爱对象。此外，西方各国还有形形色色的"泰山"广播剧、"泰山"动漫、"泰山"玩偶，等等。总之，今天的"泰山"早已超出了一个普通小说人物概念，成了西方社会的一种文化符号、一种文化象征。

优秀的文化遗产是不分国界的。为了帮助中国广大读者欣赏埃德加·赖斯·巴勒斯、读懂埃德加·赖斯·巴勒斯，了解当今风靡整个西方的奇幻小说的先驱，上海故事会文化传媒有限公司组织翻译了这套"人猿泰山系列"，这也将是国内第一套完整的"人猿泰山系列"。译者多为沪上高校翻译专业教师，翻译时力求原汁原味、文字流畅，与此同时，予以精编、插画。相信他们的努力会得到认可。

目 录

前言	人猿泰山驰骋的奇幻世界	1
1	寻找泰山	001
2	旅馆风波	009
3	地图被盗	016
4	阿坦·托姆的诡计	024
5	飞机失事	030
6	穿越丛林	035
7	粗鲁的贝鲁人	042
8	食人族仪式	048
9	获救的海伦	056
10	禁城艾什尔	063
11	巨猿的袭击	069
12	玛格拉获救	077
13	女王阿特卡	083
14	托博斯人希坦	089
15	营救海伦	099
16	前往托博斯	104

17	逃离艾什尔	110
18	被囚的布莱恩	115
19	国王的条件	121
20	逃出布鲁勒神庙	128
21	竞技场上的搏斗	134
22	重返艾什尔	142
23	出逃的玛格拉和格雷戈里	152
24	不幸被捕	159
25	圣湖荷鲁斯	167
26	布鲁勒神庙之谜	176
27	真神乔恩	182
28	巧遇希坦	188
29	神庙被淹	194
30	抢夺"钻石之父"	203
31	乔恩神庙	210
32	攻打艾什尔	219

人物介绍

泰山：男主角，丛林之王，忠于友情，不畏艰险，与歹人展开惊心动魄的恶斗。

保罗·达诺：法国海军上校，泰山挚友。

格雷戈里：布莱恩和海伦的父亲，颇有家财，组织猎游队寻觅失踪的儿子布莱恩。

布莱恩：格雷戈里的儿子，前往禁城艾什尔探险时失踪。

海伦：格雷戈里的女儿，美丽、活泼，被众多男人爱慕，不畏艰险寻找哥哥布莱恩。

阿坦·托姆：贪婪成性，诡计多端，因觊觎价值连城的"钻石之父"，发起前往禁城艾什尔的探险。

玛格拉：英印混血人种，相貌出众，被阿坦·托姆派到格雷戈里身边当卧底。

阿特卡女王：禁城艾什尔的女王，容貌美丽，性格傲慢乖张。

布鲁勒：假神，居住在荷鲁斯湖底的神庙，贪酒好色，荒淫无度。

赫可夫：祭司，因得罪假神布鲁勒被关押在神庙，后帮助布莱恩和海伦逃脱。

乔恩：真神，蓄着浓密白须的老者，遭艾什尔人袭击后藏于山洞。

Chapter 1

寻找泰山

雨季已经过去,森林里一片郁郁葱葱,繁花盛开,五颜六色,绚丽多姿。这里生机勃勃,无数只鸟儿乐享这个丛林天堂,有的打情骂俏,有的殷殷求爱,有的忙于捕食,有的仓惶逃生。猴子们嬉戏打闹着,昆虫"嗡嗡"地打着圈儿,似乎正忙着什么,却又一无所获,酷似栖居于水泥、砖头和大理石筑起的死气沉沉的"城市丛林"里它们那些不幸的表兄妹们。

如同诸多树木一样,泰山也是这原始丛林不可或缺的一部分。他正闲适地倚在大象丹托的背上,在丛林正午斑驳的阳光下休憩。泰山看似对周围的一切漫不经心,但他的每个感官都非常敏感,听觉和嗅觉可触及肉眼看不见的范围。强风给了他的鼻子一个警醒,他敏感的鼻孔已嗅到危险——一个正在走近的黑人男子。

泰山立刻进入警觉戒备的状态,他没有躲起来,也没有逃跑。因为他知道,那只是一个走向他们的土著人。但如果有更多的人的话，他会爬到树上，在枝叶的遮挡下，观察他们的行进。因为丛林居民只有永远保持警惕，才能免受生命最大的终结者——人类的威胁。

泰山不把自己看作是人类。当他还是婴儿时，他就被野兽抚养，一直生活在野兽之中。第一次看见人类时，他已成年，在潜意识中，他已然把人类等同于狮子、猎豹、猩猩、蛇以及他周围其他嗜血的敌人。

泰山伏在大象宽阔的背上，观察着土著人走近的小径，时刻为可能发生的状况做好准备。大象也开始不安起来，因为它已经嗅到了人的踪迹。泰山对它说着话，它渐渐地安静下来，这只温顺的巨型雄象，站在那里一动不动。

那个土著人，这会儿出现在小径的拐弯处，泰山放松了下来。土著人几乎同时也发现了他，停下脚步，随后他抬腿往前跑，双膝跪倒在森林之王面前。

"您好，先生！"他喊道。

"你好，奥佳比！"泰山回应说，"你怎么在这儿？怎么不在自己的村里看牛？"

"我是来找您的，先生。"黑人回答。

"找我什么事？"泰山问。

"我加入了白人老板的猎游队，现在是民兵奥佳比，白人格雷戈里先生让我来找您。"

"我不认识什么格雷戈里，"泰山否认道，"他为什么要你来找我？"

"他让我带您过去，他想要见您。"

"去哪里？"泰山问。

"卢安果，一个大村庄！"奥佳比解释说。

泰山摇摇头说："不，我泰山不去。"

"格雷戈里先生说您必须得去，"奥佳比坚持着，"有个先生失踪了，只有您能找到他。"

"不，"泰山重复道，"我泰山不喜欢大村庄，那种地方到处都是臭味和疾病，还有其他邪恶的东西，我就是不去。"

"是达诺先生要您去的！"经过再三考虑，奥佳比补充道。

"达诺在卢安果？"泰山问，"你怎么不早说？为了达诺先生，那我就去。"

就这样，泰山跟大象告了别，一骨碌转到小径上，朝着卢安果走去，奥佳比一路小跑，无声无息地跟在他后面。

卢安果很热，但这倒并不奇怪，因为这里的天气一直都是这样。虽然热带地区气候炎热，但也有好处，其中之一就是那一杯杯装有刨冰、朗姆酒、糖和酸橙汁的饮料。一群白人正在一家小殖民旅馆的露台上享受着这福利。

法国海军上校保罗·达诺舒展着双腿，一边抿着饮料，一边欣赏着海伦·格雷戈里的背影。那是一个美丽的女孩，她的背影值得任何人去细细端详，而且不仅是她的背影。她年方十九，一头金黄色的秀发，活泼灵动，一身时尚的运动服，尽显迷人的风姿与身段，正像她面前的磨砂玻璃一样清凉诱人。

"达诺上校，你觉得那个泰山能找到布莱恩吗？"她沉思了片刻后转脸问道。

"你的正脸比背影更美丽，"达诺心想，"但我更喜欢你的背影，因为我可以注视着它而不被你看到。"稍顿后，达诺说："没有人比泰山更熟悉非洲了，小姐，但你要记得，你哥哥失踪两年了，是吧？"

"是的，上校，"另一个人插了一句，"我知道我的儿子可能已不在人世，但在没能确定事实之前，我们是不会放弃希望的。"

"爸，布莱恩没有死！"海伦坚定地说，"我知道，其他所有人的下落都清清楚楚，远征队死了四个，其余的人逃了出去。布莱恩没有死，他只是不见了——失踪了。尽管他们带回了各种不可思议的故事——那些难以置信的故事。也许布莱恩可能会遇到任何情况，但我相信他一定还活着！"

"事情总这样悬而未决，是最让人灰心丧气的，"格雷戈里说，"奥佳比去了一周了，泰山还没来，他恐怕永远也找不到泰山。我认为我们应该即刻采取行动，我还有个得力干将沃尔夫，他对非洲了如指掌。"

"也许你说得对，"达诺应承着，"我不想在任何程度上影响你当机立断，格雷戈里先生。但如果有可能找到泰山，由他陪你一起前往，我想那你就如虎添翼了。当然，即便奥佳比找到泰山，我也不敢肯定他就会跟你一起去。"

"这一点应该毋庸担心，"格雷戈里回答说，"我会给他丰厚的报酬。"

达诺摆摆手。"不！不！朋友！"他用法语说道，接着又换回英语，"永远不要想着给泰山钱，那只会让他用他那双灰色眼睛看你一眼，让你自惭形秽。然后，他便消失在丛林中，你便再也不会见到他，格雷戈里先生。"

"哦？那我能给他什么？既然不是为了酬劳，那他为什么还要去？"

"为了我，也许！"达诺说，"也许是他突发奇想——但谁知道呢？如果他对你印象不错，或许他觉得可以去冒险——哎，泰山带你去他的丛林，有太多的原因，但绝不是因为钱。"

露台尽头，另外一张桌子旁，一个皮肤暗黑的女孩依偎着她的伴侣——那是一个高瘦的东印男子，下巴上留着短黑胡须。

"我们得想办法结识格雷戈里家的人，拉尔塔什克，"女孩说，"阿坦·托姆不光是让我们来喝朗姆鸡尾酒的，他还指望我们有点收获。"

"这不难，玛格拉，你去跟那个女孩打个照面。"拉尔塔什克建议，他掠过院落，朝旅馆入口处望去，突然瞪大了双眼。

"湿婆（印度教主神之一，为毁灭之神）啊！"他喊道，"你看谁来了！"

女孩大吃一惊，喘着粗气说："不可能！但又确实如此。这下走运了！走大运了！"她眼中闪动的不仅仅是兴奋。

而格雷戈里这边的人，还一直沉浸在谈话中，没有留意到泰山和奥佳比的到来，直到他们站到了桌旁。达诺抬头跃起，喊道："你好啊，我的朋友！"

海伦抬眼看着泰山的脸，瞪得圆溜溜的眼睛，满是惊讶和怀疑。格雷戈里也是目瞪口呆。

"保罗，是你叫我来的？"泰山问。

"是的，还是先让我来介绍一下吧——怎么了？格雷戈里小姐？出什么事了？"

"是布莱恩！"海伦紧张地低声说，"但又不是。"

"不，"达诺对她确认着，"他不是你哥哥，他是人猿泰山。"

"太像了！"格雷戈里一边说，一边站起身向泰山伸出手。

"拉尔塔什克，"玛格拉说，"是他，那是布莱恩·格雷戈里。"

"你说得对，踏破铁鞋无觅处，得来全不费功夫。我们得立刻把他抓住交给阿坦·托姆——但是怎么抓呢？"

"交给我吧，我有个计划，"玛格拉说，"好在他还没有看到我们，如果那样的话，他也不会来，他没有理由相信我们。走！我们进去，

寻找泰山 | 005

然后找个小孩给他送个信。"

泰山、达诺以及格雷戈里父女正在交谈,一个小男孩走过来,把一封信交给泰山。他看完说道:"一定搞错了,这肯定是写给别人的。"

"不会的,先生!"男孩说,"她说交给系着腰布的先生,这里没有其他先生系腰布啊。"

"信上说她想见我,就在入口旁边的小沙龙,"泰山告诉达诺,"还说很紧急,署名是'一个老朋友',但这显然是一个误会,我去解释一下。"

"小心点,泰山,"达诺笑着说,"你只熟悉非洲的荒野,却不熟悉女人的谎言。"

"那可是更凶险哦!"海伦也笑着说。

泰山俯视着女孩美丽的眼睛,脸上慢慢露出微笑。"确实是这样!"他说,"我想我该提醒提醒达诺才是。"

"啊?应对女人那些伎俩,法国人哪还用教啊?"海伦笑了,"需要保护的是女人才对。"

"他人很好,"泰山走后,海伦对达诺说,"可我觉得一般人总会对他有些畏惧。即便是笑起来,他也有几分严肃。"

"那很少见,我还从来没见他笑过,"达诺说,"但是尊贵的人儿,你不必害怕泰山。"

进入小沙龙,泰山看到一个身材修长的浅黑肤色女人,站在房间一边的桌旁,他没有留意到对面门缝里拉尔塔什克的眼睛。

"一个小男孩交给我这封信,"泰山说,"我想有点误会,我不认识你,而你也不认识我。"

"没有误会,布莱恩·格雷戈里,"玛格拉说,"你可糊弄不了我这样一个老朋友。"

泰山一本正经地上下打量着她，接着转身就走，换了别人可能会逗留纠缠片刻，因为玛格拉是个漂亮的姑娘。但是，泰山不会——对他来说，他已经说完该说的话。

"等一下，布莱恩·格雷戈里，"玛格拉厉声说，"你也太性急了吧！你不准走。"

泰山感觉到了她威胁的口气，转过身问她："我为什么不能走？"

"因为这很危险。拉尔塔什克就在你的身后，他的手枪几乎就贴着你的背。你跟我手挽手上楼，就像老朋友那样。拉尔塔什克会跟在你后面，要是有什么轻举妄动，'嘭'，你就没命了。"

泰山耸耸肩，心想为什么不呢？这两个人跟格雷戈里家的事有关，而格雷戈里一家是达诺的朋友，他的同情心瞬间转到了格雷戈里这一边。他抓着玛格拉的胳膊问："我们要去哪里？"

"去见一个老朋友，布莱恩·格雷戈里。"玛格拉笑着说。

他们要穿过露台，才能到达通往旅馆另一边的二楼。玛格拉兴高采烈地说笑着，拉尔塔什克紧随其后，但现在他把手枪揣进了口袋。达诺惊讶地看着他们走上去。

"啊！还真是一个老朋友！"海伦说。

达诺摇摇头说："我觉得有点不对头。"

"你变了，布莱恩·格雷戈里，"三人上楼梯时，玛格拉仰头朝他笑着说，"但是我想我更喜欢你了。"

"这到底是怎么回事？"泰山问。

"你的记忆将很快被刷新，我的朋友，"玛格拉回答说，"大殿下面有一扇门，门后面有个人。"

他们在门口停下来，玛格拉敲了敲门。

"谁？"从房间里传来一个人的声音。

寻找泰山 | 007

"我、玛格拉、拉尔塔什克,还有一个朋友。"

房里的人让他们进去。门慢慢转开,泰山看到一个膘肥体壮、看似温和的欧亚人坐在这间普通旅馆客房的桌子旁。那人的眼睛小成了一条缝,嘴唇薄薄的。泰山扫视了整个房间,对面有一扇窗户,左边——那人的对面,是一个梳妆台,旁边有一扇闭着的门,可能通往隔壁的房间。

"我终于找到他了,阿坦·托姆。"玛格拉说。

"啊!布莱恩·格雷戈里!"阿坦·托姆大叫起来,"很高兴再次见到你——我该叫你'朋友'吗?"

"我不是布莱恩·格雷戈里,"泰山说,"你当然也知道,说吧!你想怎么样?"

"你是布莱恩·格雷戈里。你想对我否认,我能理解,"阿坦·托姆冷笑道,"如果你是布莱恩·格雷戈里,你该知道我想怎么样。我想要艾什尔城的路线图,那个禁城。你写下了路线,画了一张地图,我以前见过的。那张地图对我来说值一万镑——这就是我开的价。"

"我没有什么地图,也从没听说过艾什尔。"泰山回答。

阿坦·托姆的脸上露出几近疯狂的愤怒,连珠炮似的对拉尔塔什克说了一通,泰山和玛格拉根本听不懂。拉尔塔什克站在泰山身后,从衣服下面抽出一把长刀。

"别动那东西,阿坦·托姆!"玛格拉喊着。

"干吗不动?"那家伙质问道,"用枪声音太大,拉尔塔什克的刀可以不声不响地解决问题。如果格雷戈里不愿意帮我们,他也不能活着给我们添乱。动手,拉尔塔什克!"

Chapter 2

旅馆风波

"我真搞不懂,泰山为什么要跟他们走,"达诺说,"这不是他的风格,对待陌生人,他比谁都警惕。"

"说不定他们真认识啊!"海伦说,"看起来他跟那个女孩关系很好,你没注意到吗?她看起来那么开心,那么友好。"

"是啊,我注意到了。但我也留意了泰山,这里面有点蹊跷,我感觉不大对劲。"

就在达诺说话的时候,拉尔塔什克还没来得及挥刀,泰山已如闪电阿拉一般飞转身体扑向他,双手把他抓起,举过头顶。阿坦·托姆和玛格拉退缩到墙壁,两人眼睁睁地看着泰山,重重地把拉尔塔什克摔在地上,他们恐惧万分,气喘吁吁。

泰山横眼瞪着阿坦·托姆说:"轮到你了!"

"等一等,布莱恩·格雷戈里!"阿坦·托姆一边哀求着,一边拉着玛格拉往后退,"我们讲讲道理,好吗?"

"跟杀人犯我从不讲理，直接杀！"

"我刚才只是想吓唬吓唬你，不是要杀你。"阿坦·托姆解释着，继续沿着房间四周的墙壁往后移，紧紧抓着玛格拉的手。

"为什么要吓唬我？"泰山质问道。

"因为我想要你身上的一件东西——到艾什尔的路线图。"

"我没有什么地图，我再说一遍，我从没听说过艾什尔。你到艾什尔找什么？"

"不用绕弯子了，布莱恩·格雷戈里。你我心知肚明，我们都想得到那里的'钻石之父'。你是跟我合作？还是这样继续装下去？"

泰山耸耸肩说："我不知道你在说什么。"

"好啦，你这个傻瓜，"阿坦·托姆咆哮道，"如果你不跟我合作，我也不会让你活着跟我作对。"他从挂肩枪套里掏出一把手枪对准泰山，"吃我一颗子弹！"

"不要！"玛格拉喊道，阿坦·托姆正要开枪，她奋力把枪口向上一推，"你不能杀他！"

泰山无法想象这个奇怪的女人为什么要救他，阿坦·托姆更是一头雾水。泰山还没来得及拦住他们，阿坦·托姆就把玛格拉从门口拖进隔壁房间，嘴里恶狠狠地骂着她。

听到枪声，在楼下露台上的达诺一跃而起，大叫："我就知道，我就知道有问题！"

格雷戈里和海伦起身跟着达诺。"待着别动，海伦，"格雷戈里命令女儿，"我们还不知道上面发生了什么。"

"别犯糊涂了，爸，我跟您一起去。"

凭着多年的经验，格雷戈里知道控制女儿最简单的方法就是随她自己，因为她总是有她自己的主意。格雷戈里父女赶上来的时候，达诺正在楼上大殿里，大喊着泰山的名字。

"我不知道在哪个房间。"他说。

"我们得一个一个试。"海伦建议。

达诺又喊了泰山一声，这一次泰山答应了。过了一小会儿，三人循声走进房间，看到泰山正在想办法打开左边墙上的门。

"发生什么事了？"达诺激动地问。

"一个家伙要开枪杀我，"泰山解释说，"给我送信的女人推开了枪，然后那人把她拉进了房间，反锁了房门。"

"你现在有什么打算？"格雷戈里问。

"我要冲破这扇门去追他。"泰山回答道。

"这不是很危险吗？"格雷戈里问，"你也说了，那家伙有枪。"

泰山想探个究竟，他用身体冲破房门，跳过门槛进入房间，但房间里空无一人。

"他们跑了！"泰山说。

"阳台那里有楼梯，通向旅馆后面的服务台，"达诺说，"我们跑快点的话，也许能追上他们。"

"不用了，让他们走吧，"泰山说，"拉尔塔什克在我们手上，我们可以通过他，知道其他人的底细。"他们转身又回到刚才的房间。

"我们拷问拷问他，他会说的。"泰山话语之间带着冷酷，让海伦莫名地想到狮子。

"只要你不杀了他！"达诺坚定地说。

"我当然不会了，"泰山回答，"他已经跑了！"

"真是太奇怪了！"海伦·格雷戈里不解地感叹着。

四人回到露台上的桌子边，大家都有些紧张和激动，除了泰山。海伦很兴奋，这里有谜团、有冒险。她曾希望在非洲能经历这些，

旅馆风波 | **011**

而不是在离内陆这么远的地方。而她的胳膊肘边，还有浪漫——达诺正品着清凉的饮料。然而，她并不知道，达诺透过眼镜边第一千次地审视着她的背影。

"那女人长什么样？"海伦问泰山。

"比你高一点，乌黑的头发，身材苗条，长相出众。"

海伦点点头说："你来之前，她就坐在露台尽头的桌子边，跟她一起的男人长得很像外国人。"

"那肯定就是拉尔塔什克。"泰山说。

"她长得很惊艳，"海伦继续说，"你觉得她到底为什么把你引到那个房间，然后又救了你的命？"

泰山耸耸肩说："我只知道她引我过去的目的，但不明白她为什么会推开阿坦·托姆救我。"

"他们为什么要找你？"达诺问泰山。

"他们以为我是布莱恩·格雷戈里。他们想得到一张路线图，到那个禁城艾什尔的地图。据他们说，'钻石之父'在那个地方，他们说你哥哥画了那幅地图。你知道什么吗？你们这次猎游的目的是不是就为了找到'钻石之父'？"泰山的最后一个问题指向格雷戈里。

"我对什么'钻石之父'一无所知，"格雷戈里回答，"我只想找到我的儿子。"

"那你有没有地图？"

"有，"海伦说，"我们有一张很粗糙的地图，是布莱恩画的，附在他给我们的最后一封信里。他从来没想过那张地图对我们能有什么用处，只是为了让我们知道他的去向，没有其他任何目的。地图甚至都不精确，只是最为粗线条的勾勒。但我把它保存了起来，放在我房间里。"

"那个小男孩给你送信的时候,"达诺说,"你不是问我为什么要叫你过来吗?"

"对。"泰山说。

"我之前在卢安果执行一项特殊任务,正好遇到格雷戈里先生父女,"达诺解释说,"我对他们的问题很关注,他们问我认不认识能帮他们找到艾什尔的人时,我就立刻想到了你。我并不是要冒昧地让你跟他们一起去,但在非洲,我想不到谁更有资格给他们推荐猎游队头领的合适人选。"

泰山的脸上此刻露出一丝微笑,更多的是眼睛在笑,嘴唇只是微微放松,达诺对这微笑习以为常。"我明白,保罗,"泰山说,"猎游队的头领我当了。"

"但是有点太勉强你了,"海伦叹道,"我们永远没有资格让你这么做。"

"我想这会很有趣。既然已经遇到了玛格拉、拉尔塔什克和阿坦·托姆,我想再会会他们,如果有我跟你们在一起,会有办法的。"

"毫无疑问。"格雷戈里说。

"你们准备了什么吗?"泰山问。

"我们的队伍正在邦加集合,我之前试用了一个叫沃尔夫的白人猎人做头领,当然现在——"

"如果他愿意过来做我们的猎人,我们还能用得上他。"

"他明天早上会来旅馆,我们到时候可以跟他谈谈。关于他,我只知道他能给我们提供一些有用的信息,其他方面并不了解。"

翁峰店铺的后面,有一间装有厚窗帘的房间。房里的小神龛上,立着一尊红漆佛像,摆放着精美的青铜器、一对价值连城的屏风,以及一些上等的花瓶,其余的则是廉价的景泰蓝和皂石。中式的柚木家具已经摇摇欲坠。房间里挂着厚重的帷幔,仅有一扇窗户,

旅馆风波 | 013

屋里空气湿热,弥漫着浓浓的檀香味,让人反胃。阿坦·托姆和玛格拉待在房间里,那男人冷冷地坐在那里生闷气。

"你为什么要么么做?为什么推开我的枪?"

"因为……"玛格拉刚开口又沉默了下来。

"因为!因为!"他学着玛格拉的声音说,"妇人之仁,但你应该知道我怎么对待叛徒!"他突然转身面对着她问:"你是不是喜欢他?"

"也许吧,但那是我的事。我们现在要做的是赶到艾什尔,把'钻石之父'弄到手。格雷戈里的家人要去那里,这就说明他们没有钻石,但是他们有地图。你也知道那是布莱恩画的,你见过他的,我们必须得到它。听着,我有个计划。"她走近阿坦·托姆,斜着身子对他耳语了一番。

他仔细地听着,面露喜色,表示赞同。"妙!亲爱的!如果拉尔塔什克恢复好了,明天就让他去做。翁峰在照顾他,而且即使那样行不通,我们还有沃尔夫。"

"如果他接了这个活,我们就瞧拉尔塔什克的了。"玛格拉说。

他们走进了一间小卧室,就在他们刚才说话的房间隔壁。油灯上面的壶里正熬着什么,一个中国人在看着。拉尔塔什克躺在一张狭窄的小床上,两人进来时,他抬眼看着他们。

"感觉怎么样?"阿坦·托姆问。

"好些了,主人。"

"蒙(明)天揍(就)好了。"吐字不清的翁峰确定地说。

"你到底是怎么逃出来的?"玛格拉问。

"我假装昏迷,等他们进了隔壁房间,我爬到一个衣柜里躲起来。天黑以后我设法进入后院,然后就来到了这里。我真以为这次必死无疑了。那人说他不是布莱恩·格雷戈里的时候,我差点就信了。只是比起上次我们见到他的时候,他的力气大了许多。"

"他就是布莱恩·格雷戈里,没错的。"阿坦·托姆说。

翁峰倒了一杯汤药递给拉尔塔什克。"哈(喝)!"他说。

拉尔塔什克抿了一小口,皱了皱眉头,全吐了出来。"我喝不下这鬼东西,这里面放了什么呀?死猫吗?"

"几(只)有一点点啦,你哈(喝)吧!"

"不喝,我死都不喝。"

"喝了它。"阿坦·托姆说。

拉尔塔什克像一条挨了鞭子的小狗,把杯子捧到嘴边,连咳带呛地喝干了它。

Chapter 3

地图被盗

第二天早晨，格雷戈里父女、泰山和达诺在露台上吃早餐的时候，沃尔夫来了。格雷戈里把沃尔夫介绍给了泰山。沃尔夫打量着泰山，注意到他的腰布和原始武器，说道："我以前也见过一个野人，但那个是四条腿走路，说话像狗叫。您要带着他和我们一起吗？格雷戈里先生。"

"泰山将全权负责这次猎游。"格雷戈里说。

"什么？"沃尔夫喊道，"那是我的位子。"

"以前是，"泰山说，"如果你愿意过来当猎人，我们欢迎。"

沃尔夫想了一会儿，说："我去，格雷戈里先生还很需要我。"

"我们明天坐船去邦加，"泰山说，"你先等着，到时候才用得上你。"

沃尔夫走开了，嘴里嘟囔着。

"你恐怕跟他结怨了。"格雷戈里说。

泰山耸耸肩说:"我又没对他做什么,不过是给他个活儿干。当然,我们还要对他慢慢考察。"

"我不在意那家伙的相貌。"达诺说。

"他能给我们很好的建议。"格雷戈里坚持说。

"但是,他显然不是什么正人君子。"海伦说。

格雷戈里善意地笑着说:"但我们现在是要雇一个猎人。你们还能指望我找谁?温莎公爵吗?"

"我想我可以接受。"海伦笑着。

"沃尔夫只需要服从命令,把枪瞄准就好。"泰山说。

"他回来了。"达诺告诉大家,其他人都抬头看着沃尔夫走过来。

沃尔夫对格雷戈里说:"我得想想。我该知道我们要去哪里,这样我可以设计路线。您瞧,我们得小心翼翼,否则我们可能走不出这个以狩猎为生的国家。您有地图吗?"

"有。海伦,你把它放哪儿了?"

"在我梳妆台第一个抽屉里。"

"你跟我上去,沃尔夫,我们去看看。"格雷戈里说。

格雷戈里径直走向女儿的房间,沃尔夫跟他一起,其他人留在露台上聊天。格雷戈里在海伦梳妆台的第一个抽屉里翻了一会儿,翻到了几张纸,最终取出一张。

"就是这个。"格雷戈里把地图摊开在沃尔夫面前的桌子上。

沃尔夫研究了好几分钟,然后摇摇头说:"我对那里比较熟悉,但从来没听过这里的几个地方——图恩巴卡、艾什尔。"他用短粗的食指指着那些地方,接着说:"让我把地图带回去研究研究,我明天送过来。"

格雷戈里摇摇头道:"在去邦加的船上,你还有许多时间跟泰山,还有我们其他人一起研究它。而且,这地图太珍贵了,对我来说意义重大，不容有失。"说完他走回梳妆台边，把地图放回第一个抽屉。

"好的，这也没什么影响，我只是想多尽点力。"

"谢谢！我很感激。"

"既然这样，那我先过去，明天咱们船上见。"

天生头脑活跃的保罗·达诺上校想出各种理由，好在上午剩下来的时间里留在海伦身边。午餐倒是好办——他只需要邀请格雷戈里父女和泰山一起做客便可，但是午餐一结束，就留不住她了。

"如果我们明天要去邦加的话，我得马上去买点东西。"她说。

"不是一个人去吧？"达诺问。

"就是一个人。"她笑着回答。

"一个白人姑娘单独出去，你觉得安全吗？"他问，"我非常乐意陪你一起。"

海伦笑着说："我逛街的时候不带男人，除非他要买单。再见！"

卢安果的集市分布在一条蜿蜒狭窄的街道上，挤满了黑人、中国人，还有东印人，灰尘很大。这是一个不太讨人喜欢的地方，乱七八糟的味道，对西方人的鼻孔来说很怪异，让人不舒服。这里有许多突出的角落和黑漆漆的门廊。海伦一路纵情地放任着自己女人天生的嗜好，一边逛着，一边寻找想买的东西。而拉尔塔什克一刻不停地跟着她，从一个个角落溜到一个个门廊。

走近翁峰的店铺时，她在一个小摊前停下来，看了看一些吸引她眼球的小饰品，拉尔塔什克这时从她身后溜进了翁峰的店里。

海伦在小摊前消磨了一点时间，随即走到翁峰的店铺，对即将来临的危险全然不知。此时，拉尔塔什克从里面注视着她，就像猫看着老鼠一样。海伦毫无防备，脑子里除了在想要买什么东西，就是对这次寻找她哥哥的探险之旅的各种预想。所以在她经过翁峰的店铺,拉尔塔什克一把抓住她,把她从门口拖进一片漆黑的屋里时,她瞬间懵了,毫无还手之力,绝望无助——但这只是暂时的。意识到自己身处险境时,她挣扎着,击打着袭击她的那个人。她试图大喊救命,但是那个男的粗暴地用手掌捂住了她的嘴巴,不让她喊出声。在这邪恶的地方,即使你喊救命,也没有人来帮忙。拉尔塔什克瘦长结实,非常强壮,他把海伦拖向店铺的后头,海伦很快意识到挣扎毫无意义。

"消停点儿,这样我也不会伤害你。"说着,他把手掌从她嘴上挪开。

"你抓我来干什么?"海伦问。

"里面有人要问你话。我没法儿给你解释,这里的主人会给你答案。他提的任何建议对你都有好处,都听他的!"

两人走到店铺的尽头时,拉尔塔什克打开了一扇门,把海伦带进了我们之前提到过的那个昏暗的房间。玛格拉站在一边,海伦认出来她就是把泰山引到旅馆那个房间的女人,但如果不是她,泰山可能已经被杀。那个肥胖的欧亚人坐在桌边,正对着她,她从来没见过这个人。此刻,她终于看到了刚才那个抓她的男人的正脸,他就是旅馆里那个女人的同伴。

"你是海伦·格雷戈里?"桌边的男人问。

"我是海伦·格雷戈里,你想怎么样?"

阿坦·托姆温和地说:"首先,我想说我很抱歉,我们不得不采取这种看似很无礼的方式。你哥哥手上有我们想要的东西。他不听我们的解释,所以没有其他办法,只有用武力了。"

"我哥哥?你没跟他说过话啊。他在非洲内陆失踪了。"

"别跟我撒谎,"阿坦·托姆呵斥道,"我很了解你哥哥。第一次探险时我就跟他在一起。他到过艾什尔,而且还画了一张周边

地图被盗 | **019**

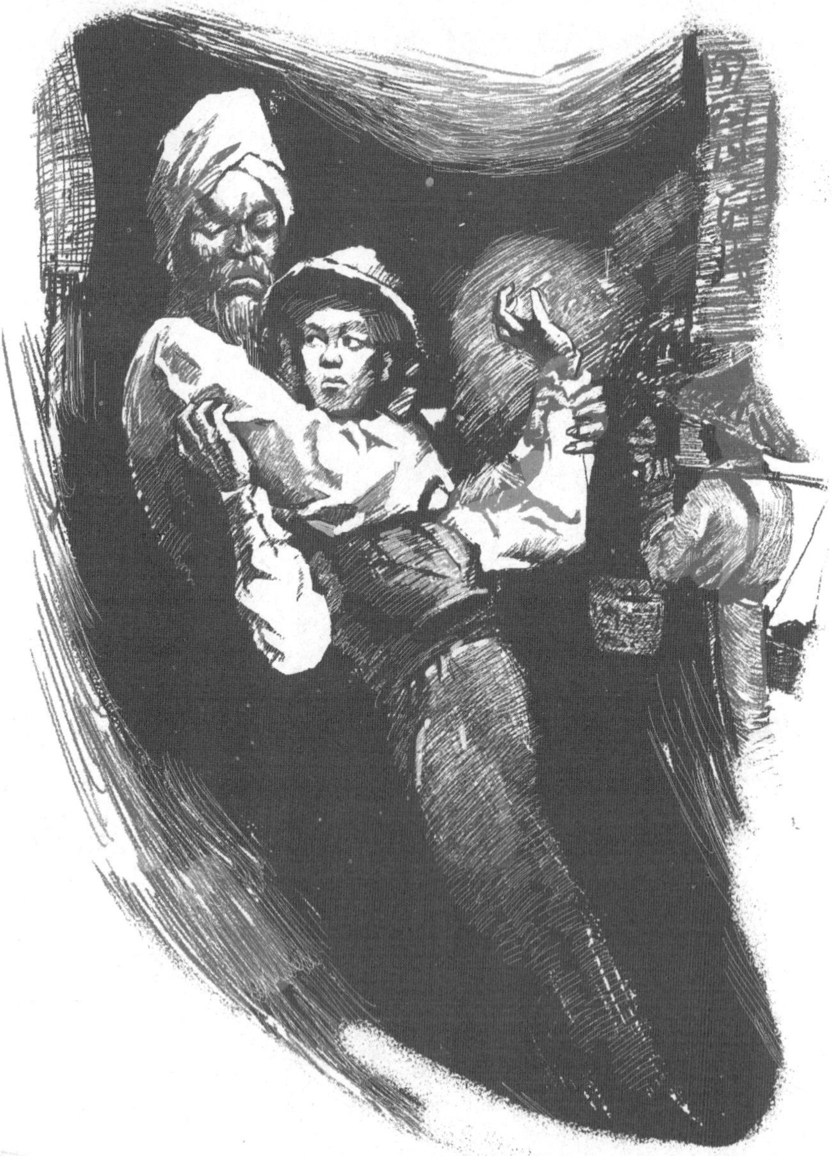

的地图，但他不愿意给我一份，他想独吞'钻石之父'。我想要的是到艾什尔的路线图，在我得到地图之前，你哪儿也别想去。"

海伦朝他笑着说："你不用耍什么诡计，在那里演戏。你该找我父亲去要地图，他会让你仿制一份的。如果这个男人愿意跟我回旅馆，他现在就可以去拿。"她点了点头，向拉尔塔什克示意。

阿坦·托姆冷笑着说："你以为这样就能让我轻易上当吗？"

海伦摆出一副无可奈何的姿态说："如果你们觉得有必要，那你们继续演。但这只会浪费时间，给大家都带来麻烦。你要我做什么？"

"我要你给你父亲写封信，在上面签上你的名字，我会告诉你怎么写。如果这样，我还是得不到地图，那他就永远也见不到你了。我很快要去非洲内陆，会把你带着。那里的苏丹会给你开个高价钱。"

"如果你认为这种野蛮的威胁可以吓到我的话，那可真是愚蠢至极。你知道，那些套路在今时今日已经行不通了，这不是在说故事。快点说吧，我该怎么写？我保证你会在最短的时间内得到地图，但是我凭什么相信你会遵守你的空头承诺，把我放走？"

"你只有听我的话，但我可以保证，我不想伤害你。我要的只是地图。过来坐下，我来口述。"

夕阳西下，落到高耸的树木后面，树影渐长，给这个藏污纳垢的小村庄增添了一分它本不具备的柔和之美。格雷戈里、泰山和达诺三人忙于讨论第二天猎游的细节，猛然间才意识到天色已晚。

格雷戈里说："不知道海伦在忙什么，天都快黑了。在这样的地方，我不想让她这么晚了还一个人在外面，她早该回来了。"

"她本来就不该一个人去，"达诺说，"女孩子在这里不安全。"

地图被盗 | **021**

泰山也同意:"是不安全,有人类的地方永远都不会安全。"

"我看我们得去找她。"达诺提议。

泰山也赞同:"好的,我们俩一起去。格雷戈里先生留守这里,接应海伦。"

两人临走时,达诺说:"别担心,格雷戈里先生。她一定安然无恙待在哪个古玩店,我们肯定能找到她。"但他的话只是安慰一下格雷戈里,他自己心里也是一百个担心。

格雷戈里等在那里,努力说服自己没什么好担心的。他试着读点书,但心思却总是不集中,一句话读了五六遍还不解其意,于是他放弃了。他开始在房间里踱步,雪茄一根接一根地抽。正准备自己出去找时,达诺回来了,格雷戈里满怀期待地看着他。

达诺摇摇头说:"运气不太好,找过很多店主,都说见过她,但没人知道她什么时候离开集市的。"

"泰山呢?"格雷戈里问。

"他在村子里面找。如果村民有她的消息,泰山会从他们那里得知。他熟悉他们的语言。"

"他来了。"格雷戈里说,泰山走进了房间。

两人抬头看着他,眼神中带着疑问。"没有她的消息吗?"达诺问。

泰山摇摇头说:"影儿都没有。要是在丛林里,我兴许能找到她。但在这里,在人类社会,人们甚至都找不到自己。"

"我的天!"达诺高呼,"那是什么?"

"小心!"格雷戈里提高嗓门说,"搞不好是个炸弹。"

"不是炸弹,"泰山说,"就是一封信,绑在石头上。走!去看看。"

"肯定跟海伦有关,"格雷戈里说着从泰山手里接过信,"果然是的,是她写的,我念给你们听。'亲爱的父亲:绑架我的人要布莱恩画的那张到艾什尔的路线图。他们威胁说如果不给他们地图,就把我带到非洲内陆卖掉。我相信他们是当真的。您把地图绑在石头上,然后扔出窗外。不要跟踪他们的信使,否则他们会杀了我。他们保证一拿到地图,就把我毫发无损地送回去。'没错,是海伦写的,是她的笔迹。这帮混蛋,只要他们开口,我会给他们的。我只想找回布莱恩,我这就去拿地图。"

格雷戈里起身走进海伦的房间,就在他自己房间的隔壁。他们听见他划了一根火柴点灯,随着一声惊叫,两人冲进了房间。

格雷戈里站在拉开的抽屉前,脸色苍白。

"不见了,"他说,"有人把地图偷走了!"

Chapter 4

阿坦·托姆的诡计

脏兮兮的屋子里，沃尔夫坐在桌子边，就着煤油灯的光亮，费劲地挥着铅笔——显然这不是他熟悉的活儿。每标记一个地方，他就用舌头舔湿笔尖。"大作"终于完成了，他不无自豪地欣赏着，舒了一口气，站起身来。

"这可不是区区一个晚上就能干好的活儿！"他沾沾自喜地说，"现在两头都要给我钱——但是怎么让他们给呢？"

阿坦·托姆独自坐在翁峰店铺的后房。他紧张的时候，唯一的外在表现，就是不停地吸烟。玛格拉在隔壁的小房间里看着海伦，三人都在等拉尔塔什克把艾什尔的路线图带回来。但只有海伦肯定这很快就会实现，而阿坦·托姆和玛格拉只是对此抱着希望。

"地图一到，他能放我走吗？"海伦问。

"在安全离开之前，他恐怕还不会让你走，"玛格拉回答，"但到那时候，他肯定会放你的。"

"我可怜的父亲,他一定着急死了。如果不能及时放我走的话,我想再给他写封信。"

"我会尽力安排的,"玛格拉说,"我对这一切深感抱歉,格雷戈里小姐。"

沉默了片刻后,玛格拉接着说:"在这件事情上,我其实跟你一样也身不由己,其中原因不便相告。但我可以告诉你,阿坦·托姆着了魔似的想得到'钻石之父'。他这人心不坏,但为了钻石,他什么都干得出来。希望你父亲能把地图送过来。"

"你觉得如果得不到地图的话,他真会把我卖到内陆吗?"

"肯定的,把他逼急了,他甚至都会杀了你。"

海伦顿时不寒而栗。"幸好他马上就能拿到地图了。"她说。

拉尔塔什克开门走进翁峰店铺的后房。阿坦·托姆抬头问:"办妥了?"

"他们把它扔下来了,在这儿。"他把纸条交给阿坦·托姆,那纸条还好好地包在石头上面。阿坦·托姆打开一看,脸色阴沉了下来。

"是地图吗?"拉尔塔什克问。

"屁!"阿坦·托姆咆哮起来,"他们说地图被偷了。他们在撒谎,但骗不了我阿坦·托姆。他们别想再见到那个女孩。没有地图,我照样能找到艾什尔。你听!有人在敲门,去看看是谁。"

拉尔塔什克开了一条小缝向外张望,说道:"是沃尔夫。"

"带他进来。"

"夜色不错啊!"沃尔夫进门说着。

"你到这儿来,不是要跟我说这个吧?"阿坦·托姆说,"到底什么事?"

"到艾什尔的地图你开什么价?"

"五百镑。"

"那可不够。给我一千镑,钻石再分我五成,我就把地图交给你。"

"你怎么弄到地图?"

"已经在我手上,我从那女孩房间偷过来的。"

"地图带来了吗?"

"带来了,但别跟我耍花招。我暂住在一个老太太家里,临走时我给她留了一张字条。一小时之内我要是赶不回去,她就把字条交给警察。"

"地图给我看看。"阿坦·托姆说。

沃尔夫从口袋里掏出地图,捧到阿坦·托姆面前,保持着一定距离,不让阿坦·托姆随手就能抢到。"把钱给我,地图就是你的了。"

阿坦·托姆从怀里掏出一个鼓鼓的钱包,数出一千镑英格兰银行的钞票。

"我要是有你的那卷钱,才不会拼着小命去找什么'钻石之父'呢。"沃尔夫一边说着,一边把钱塞进口袋。

"格雷戈里的猎游你还去吗?"阿坦·托姆问。

"当然了,穷人必须得干活呀。你得到钻石,我马上就到你这边,我要我的那一半。"

"你可以帮我做更多的事情,那样的话,我们得到钻石就能更加万无一失。"

"什么事?"沃尔夫怀疑地问。

"我想让玛格拉混进格雷戈里那边,跟他们一起去。也许你能办到。我想让玛格拉跟他们化敌为友,跟布莱恩·格雷戈里发生感情。这样如果出了什么差错的话,她能起到一定的作用。我不想拖时间,你也不想吧?"

"那我们在哪里会合？"

"你先把他们往错路上引。等他们彻底迷路了，你和玛格拉再到艾什尔找我们。你看过地图，知道怎么走。你们去找一个我以前的营地，在那儿等我。明白了？"

"明白。"

"那你干不干？"

"当然干。为啥不干？"

"好！现在就出发，我们两个月后艾什尔见。"

沃尔夫走后，阿坦·托姆转身对拉尔塔什克说："我们今晚就得走，你去江边打点一下那个船长，让他开足马力，今晚就去邦加。"

"您太高明了，主人。现在有了地图，您要不要放了那个年轻姑娘？"

"不，他们还没给我地图，可能会追上我们。那样的话有一个人质也好。"

"不得不再说一遍，您真高明，主人。"

阿坦·托姆、拉尔塔什克和海伦登船时，已过午夜。阿坦·托姆站在跳板上跟玛格拉道别："你一定要千方百计混进格雷戈里那边，他们可能也会赶到艾什尔，我需要一个可靠的人跟他们一起，得为各种情况做好准备。如果他们抢先拿到钻石，你一定要想办法联系我，如果你有机会就偷走钻石。另外，要提防沃尔夫，这人不可靠。他答应把他们引入歧途，他还会把你带到艾什尔见我。现在看来，你喜欢布莱恩·格雷戈里倒是件好事儿，这会对我们有利。充分利用它吧！一开始我是很不高兴的，但是回头想想，也有可以利用的地方。好吧，再见吧！记住我的话。"

拉尔塔什克和海伦上了船，前者紧跟后者，他用手枪顶住她的腰间，唯恐她大声喊叫。

"带着她很不明智。"玛格拉说。

"现在不能放她！在你离开格雷戈里那帮人之前都不行，明白吗？"

"既然这样，一定不要伤害她——记住——法网恢恢！"玛格拉说完转身回到村里。

泰山和达诺聚在格雷戈里的房间里制订计划，头天晚上，为了找海伦，他们一夜未眠。

"现在除了通知官方，恐怕没有其他办法了。"达诺说。

"你说得对，"格雷戈里表示赞成，"我之前很担心一旦报警，他们就会对海伦不利，但现在也别无选择了。"

有人敲门，三人抬头看去。"进来！"格雷戈里说。

门缓缓开启，玛格拉走了进来。

"是你！"达诺大喊着。

她没有理睬达诺，只是直盯盯地看着泰山说："布莱恩·格雷戈里，我是来帮你找你妹妹的。"

"你知道她现在怎么样吗？她人在哪里？"格雷戈里问。

"阿坦·托姆正带着她去非洲内陆，他们昨晚坐江轮去邦加了。"

"江轮不是今天起航吗？"达诺急忙问。

"阿坦·托姆贿赂了船长，让他昨晚就出发。我本来也要去的，但是——嗨！至于为什么没去，也并不重要。"

"不能相信这个女人。"泰山说。

"你可以相信我——直到永远，布莱恩·格雷戈里！"说完她转向格雷戈里，"如果你怀疑我，就把我带着当人质，兴许我还能帮到你。"

格雷戈里似乎没听见她的话，神情恍惚地说："我的两个孩子，先是布莱恩，接着又是海伦，都不见了——但这是为什么？"

"别灰心，格雷戈里先生，"达诺说，"一定有办法的。"

"还有什么办法？阿坦·托姆四天后就到邦加。船在那里至少还要停一天。就算顺风顺水，也要大概两天半才能回程。即使我们能说服船长即刻返回邦加，阿坦·托姆也已经早了我们六七天。那时候他都在内陆走了很远了。他很可能有那张从海伦房里偷走的地图，而我们什么都没有，都不知道上哪儿去找他。"

"这方面您不用担心，"达诺劝道，"只要阿坦·托姆在非洲，泰山就能找到他。"

"是的，"格雷戈里呆呆地说，"但谁知道这期间我可怜的女儿会怎么样呀？"

"别着急！"达诺说。突然，他大喊道："有了！还有一个办法。我们有一架海军水上飞机在这里，当局定能带我们飞往邦加。那位阿坦·托姆先生到达时，我们也到了。这对他来说是多么大的惊喜啊！哈？"

"太好了！"格雷戈里高呼着，"我该怎么感谢你呀，上校！"

玛格拉面不改色，不管内心对此作何感想。

Chapter 5

飞机失事

应达诺上校的请求，当局欣然同意给予配合。短短数小时后，一行人就开始登上停在江面的飞机。他们乘坐当地人的独木舟过来，达诺扶着玛格拉登上飞机，后者的脸上流露出无比满足的神情。沃尔夫从未坐过飞机，他昂首阔步，掩饰着内心的不安。奥佳比也忐忑地转动着眼睛。

"您看，一切都轻而易举地安排妥当了吧？"达诺得意地大声对格雷戈里说。

"多亏了你啊！"

"中尉，您飞往邦加需要多长时间？"泰山问飞行员。

"两到三个小时吧。"拉瓦克中尉回答。

"如果是逆流的话，江轮要四天才能到，"达诺说，"阿坦·托姆靠岸时，会发现一个招委会在码头等着他。"

飞机在水面上飞驰，驶入大气层，奥佳比闭上眼睛，双手抓住扶手。等他睁开眼俯瞰森林时,他的脸色不再是之前的黑色——而是病态的苍白色。

"这鸟肚子不是人待的地方,先生。"他对泰山说。

"但你是人类,奥佳比。所以你不用害怕,还记得我们遭遇风暴的那次吗?"

"什么风暴?"格雷戈里问。

"风暴就要来了。"泰山说。

"你怎么知道?天空万里无云啊。"

"泰山天生就知道。"达诺说。

就连泰山自己也说不清楚他怎么会知道风暴即将来临。可能是因为他从小被野兽抚养,生活在野兽中间,对自然界的变化具备了和动物一样的敏感,而人类难以理解。泰山发出预言的半小时过后,飞机已经进入热带风暴的中心。

拉瓦克对突发的热带风暴已是司空见惯,他判断这次风暴范围不大,很快就会被他们甩在身后。作为一名经验丰富的飞行员,驾驶一架设备齐全、仪表完全可以操纵的飞机,他只稍稍向上攀升,就飞进了风暴之中。飞机在空中颠簸着,奥佳比的脸色更加苍白,沃尔夫紧握拳头,关节都变成了白色。

这样"跌跌撞撞"了一小时后,拉瓦克转身向达诺打手势让他过去。"上校,情况比我预想的要糟糕,"他说,"要不要返程?"

"油还够用吗?"达诺问。

"够的,先生。"拉瓦克点头回答。

"其他都正常吗?"

"指南针我不太确定。"

"这样的话,返程也好不了多少。我们继续前进,应该很快可以飞出去。"

飞机失事 | 031

漫长的两个小时里，拉瓦克顶着风暴前进，这时引擎开始"噼啪"作响。达诺急忙走向拉瓦克，还没走到他身边，引擎又恢复了正常，发出悦耳的隆隆声。对两人来说，刚才那阵子真可谓千钧一发。达诺深深地舒了一口气——但是引擎又开始"噼里啪啦"响起来，最后彻底熄火了。拉瓦克用手动泵拼命地忙活着，达诺转身面向机舱喊道："大家系好安全带，我们可能要降落。"

"燃料线堵住了，"拉瓦克说，"我没法儿清理。"

达诺瞥了一眼测高仪说："现在的高度大概是三千米，邦加一带的平均海拔大概是两百米。尽量多滑行一会儿，找片水域降落。"

"找不到怎么办？"

达诺耸耸肩膀，做了个鬼脸说："你是飞行员，而且在我看来，你是一名非常优秀的飞行员。"

"谢谢！飞越森林需要一名特别优秀的飞行员，我没那么大本事。你要去告诉他们吗？"

"告诉他们又有什么用？"

"也许他们要对上帝交代一些事情——那些他们还没来得及跟上帝讨论的事情。"

"怎么啦？"沃尔夫质问道，"引擎不转了。"

"你已经回答了你的问题。"达诺说着走到座位边。

"我们正在下坠，"沃尔夫说，"他不一定能安全着陆，飞机要坠毁啦！"

"冷静一点好不好？"达诺训斥道，"这不还没有嘛！"

飞机朝下滑落，穿过风暴肆虐的云层，乘客们紧张而又满怀期望。

"现在高度多少，拉瓦克？"达诺问。

"三百米。"

"那就是说我们离地面最多不过三百米，"格雷戈里说，"记得有一天我看过一张地图，这一带的海拔大概两百米。"

沃尔夫突然跳起身来，大喊："我受不了！我要跳下去！"

泰山一把抓住他，把他推回到座位上，冲他说："好好坐着！"

"就是，好好坐着！"达诺斥责道，"你还嫌不够乱吗？"

拉瓦克如释重负地喊道："我们脱险了！下方就有一片水域。"

片刻过后，飞机滑进一个小湖的中央，轻松地着陆了。迎接它的只有丛林，如果附近有什么在看着，也是隐蔽在某个角落里。雨点落在湖面上，风在森林里呼号。奥佳比对这一切以及他们奇迹般的死里逃生都一无所知——他晕过去了。

"知道我们这是在哪儿吗，中尉？"达诺问。

"完全没有概念，从没见过这个湖。"

"那我们是不是迷路了？"格雷戈里问。

拉瓦克点点头说："恐怕是的，先生。我的指南针出了问题，因此我们自然已经偏得很远了。"

"这里看起来多荒凉、多压抑呀！"玛格拉说。

"到丛林了。"泰山低声说，那感觉就像是在说"到家了"一样。

"真是扫兴！"格雷戈里说，"我们已经克服重重障碍，本来已经找到阻截阿坦·托姆、营救海伦的办法了，偏偏又发生了这样的事情。现在我们真是回天无力，再也不可能找到你了，我可怜的孩子。"

"不！不会的！尊敬的格雷戈里先生，您千万不要放弃，"达诺说，"只是耽搁一会儿。拉瓦克中尉会及时清理燃料线，等天气一好转，我们就起飞。我们还有充分的时间，三天之内阿坦·托姆也到不了邦加。天一晴，就算没有指南针，中尉也能找到邦加的。"

拉瓦克在燃料线上花费了半个小时后，对达诺喊道："不是燃料线的问题,先生。"他一脸忧郁。

"那到底是什么问题?"达诺问。

"没油了。油箱一定漏得厉害,我们出发时还是满的。"

"那备用箱呢?"

"就是备用箱漏油,油箱的油已经用完了。"

达诺摇摇头说:"可怜的小丫头!"

Chapter 6
穿越丛林

奥佳比一边在火上烤着羚羊排,一边哼着小调,火堆旁躺着羚羊的尸体。这四天来,奥佳比的心情一天比一天好,因为他现在离那可怕的"鸟东西"远远的,坐在里面可把他折腾得半死。他还是很担心那些白人会回到那"鸟肚子"里,再次起飞。但是如果他们那么干的话,他会逃进丛林里面躲起来。那五个白人围着火堆坐在那里看着他。

"应该很确定我们现在的位置了吧,泰山?"达诺问。

"是的,我们现在在邦加东部稍稍靠南的地带,我曾杀死的那头雄鹿就在这一带出没。"

"阿坦·托姆今天可能离开了邦加,"格雷戈里说,"等我们赶到时,他已经远远把我们甩在了后面,不可能追上他了。"

"我们不需要去邦加,"泰山说,"可以直接抄近路向东北出发,然后,我们可以以更快的速度追赶他——他的人带着行李,不会走那么快,而我们不会有这种麻烦。"

"你是说我们可以不带搬运工和粮食吗?"格雷戈里问。

"过去的四天里我们都是这样的啊!"泰山提醒格雷戈里说。他快速环视了营地一周,"玛格拉呢?"他问,"跟她说了不要离开营地,这是狮子生活的区域,而且如果我没弄错地方的话,食人族也生活在这一带。"

玛格拉不是有意要走远,但森林那么静谧安宁,实在太迷人了。她缓缓地踱着步子,闻闻花朵,又看看鸟儿。她驻足在一朵可爱的兰花前,那长在丛林中的兰花就像一位美丽的女子,从供养她的巨人身上吸取着生命的精血。此刻,她想起泰山的嘱咐,转身顺着原路返回营地。她没有看见身后那头巨大的狮子,但它已经嗅到了她的气味,正悄无声息地向她逼近。

营地里其他人看到泰山站起身来,抬着头,抽动着鼻孔。让他们诧异的是,他随即跑了几步,跳上一棵树,不见了踪影。他们不知道风神乌莎,已经把狮子努玛刺鼻的气味,带进了泰山敏感的鼻孔,夹杂其中的还有淡淡的香水味儿,是玛格拉喜欢用的那种。这让他感觉到了一场悲剧的临近,也使他急于来到树林,好及时赶到现场。

玛格拉向营地走着,百兽之王的一声怒吼,使她突然间意识到自己面临的危险。但现在,就算她喊救命,也不会有人能及时赶到,来阻止这在所难免的悲剧了。她以自己惯有的勇气去面对死亡。尽管危在旦夕,她还是情不自禁地发出一声赞叹,赞叹面前这只巨型野兽的威风。它那巨大的身躯、威严的举止、咆哮时凶猛的神态,使她身上的每一根纤维都震颤起来。她不想死,但她认为没有哪一种死法比死在百兽之王的尖牙利爪下更为高贵。

狮子向她爬来,腹部垂到地面,尾巴根部紧张地抽动着。它就这样前进了一码左右,随后弓起后背,稍稍蜷缩着身子往前逼近。突然间,伴着一声威猛的长啸,它扑了过去。就在这时,一个人从树上跳下,正好骑在它的背上。

"布莱恩!"她喊道,吃惊地喘着气。

那人一只手紧紧抓住狮子的后背,另一只手一次次地把猎刀插进它的身体,疼得它四处乱窜乱抓,泰山的咆哮声和那只"巨猫"的呻吟声混杂在一起。玛格拉激动不已,又惊恐万状,入了迷似的看着,直到那颗被刺穿的心脏永远停止了跳动,猛兽死了。

这时泰山一只脚踩在猎物的尸体上,发出公猿一般胜利的吼声,让玛格拉不由惊恐战栗。看着眼前这个男人——她现在终于知道他不是布莱恩·格雷戈里,她身体里的每一根纤维再一次地颤抖起来。

那非比寻常的吼声打破了丛林的沉寂,沃尔夫、格雷戈里和拉瓦克跳起身来。沃尔夫抓住他的步枪喊:"上帝啊!那是什么?"

"泰山宰了一只猎物。"达诺说。

"泰山先生杀了狮子,"奥佳比说,"那些白人耳朵都聋了吗?他们没听到狮子的吼声吗?"

"我当然听见了,"沃尔夫说,"但那个野人不可能杀死一头狮子——他只有一把猎刀,我还是去帮帮他吧。"沃尔夫扛着步枪,开始朝刚才惊动他们的声音方向走去,格雷戈里和拉瓦克跟在后面。"那叫声一定是他被狮子咬住的时候发出来的,"沃尔夫说,"他现在已经死翘翘了。"

"他还好好儿的呢!"看到泰山和玛格拉时,拉瓦克说。

"我刚才根本喘不过气来,所以没有——哎,'谢谢'两个字在那种情况下显得最苍白无力,但我也想不到更好的表达——谢谢你救了我的命。虽然这听起来很愚蠢老套,但你应该知道我的心意。你刚才真是太不可思议了，但也有点恐怖哦。我现在知道你不是布莱恩·格雷戈里了，他不可能像你那样杀死一头狮子，这世上没有第二个人能做到。"

她停顿了一会儿，又接着说："就在几分钟前，我还以为我喜欢的是布莱恩。"

玛格拉言语之间的暗示已经很明显，但泰山有意地岔开话题说："我们会尽全力找到他，不仅仅是为了格雷戈里先生，也为了你。"

玛格拉耸耸肩，虽然被婉拒了，但她会等待时机。"那钻石呢？"她问。

"我对那东西没有兴趣。"

一支装备齐全的猎游队朝邦加东北行进，其中只有两男一女是白人，但是搬运工们运的装备和粮食似乎超过了他们需要的两三倍。

其中一个男的对女的说："我捷足先登这一招真是太明智了。你父亲整顿好装备要花一周多时间。到那时我们已经把他甩开一大截，他根本不可能追上我们。我真想看看他到邦加得知真相后的那张苦脸。"

"你跟刚刚死去的迪林格和'娃娃脸'尼尔森差不多一样聪明，"海伦说，"你的结局也会跟他们一样。"

"他们是什么人？"

"他们是绑匪、杀人犯，还是大型盗窃案的惯犯。识相的话，你就放开我，把我送回邦加。你已经得到地图了，我对你来说也没有什么利用价值了。如果我不能安全返回，我父亲不找到你是不会罢休的。我不明白你为什么还要把我困在这里。"

"可能是我已经喜欢上你了吧，我的小可爱。"

这句话让海伦不寒而栗。这一天剩下的时间里,她都在默默地踱来踱去,步履沉重,伺机逃走,但是要么是阿坦·托姆,要么是拉尔塔什克,总有一个守在她身边。他们搭好营地时,她已是筋疲力尽、心力交瘁。但她的疲惫更多是由于精神上的损耗——阿坦·托姆的话一整天都在她脑子里萦绕。

吃过晚饭,海伦回到自己的帐篷,她的帐篷就搭在阿坦·托姆帐篷的对面,因为阿坦·托姆知道,虽然白天她可能会试图逃跑,但晚上她是不敢冒险进入黑漆漆的森林的。

阿坦·托姆站在自己帐篷前,和拉尔塔什克说着什么,他的眼睛盯着那姑娘,瞅着她走进帐篷。两人一直在交谈,拉尔塔什克专注地看着阿坦·托姆。

"您是我的主人,阿坦·托姆,"拉尔塔什克说,"但是出于对您的忠诚,我必须提醒您。那女孩是白人,白人的势力无处不在。不管你是在丛林的深处,还是在天寒地冻的蛮荒极地,他们都能找到你,把你拉出来,跟你算账。"

"管好你自己的事,"阿坦·托姆骂道,"我不会伤害她的。"

"很高兴能听您这么说。我只是不希望白人对您动怒。如果您是个明眼人,就按她说的做,明天就把她送回邦加。"

阿坦·托姆考虑了一会儿,然后点点头说:"也许你是对的,如果她愿意,明天就把她送到邦加。"

两人各自走开,回到帐篷。营地里一片寂静,一个民兵在驱兽火堆旁打着盹儿,他是这防止野兽入侵的石堡中唯一应该清醒的人。

这时,阿坦·托姆从他的帐篷里走出来,他环顾四周,只看到那个民兵。看到阿坦·托姆的身影,民兵装出一副警觉的样子。但在这个时间点,那样反而显得有点不合时宜。尽管睡眼朦胧,但他还是能看到那个白人静悄悄地走到营地的另一头,领会到阿坦·托姆显而易见的意图后,那个民兵咧开嘴笑了。远处一头狮子的怒吼声和知了的鸣叫声,打破了夜晚的沉寂。

海伦担惊受怕,无法入眠,心里满是恐惧和担忧。阿坦·托姆态度的转变让她不安,任何风吹草动,对她那警觉的耳朵来说都是一种威胁。最终她还是从卧榻上起来,透过帐篷拉帘缝隙向外看,当看到阿坦·托姆悄悄向她这里走近时,她的心沉了下去。

在这丛林夜晚神秘空虚的黑暗中,又有一头狮子发出一声咆哮。但是更大的威胁来自那个胖子,这时他拉开海伦帐篷前的帘子。阿坦·托姆身上有一种令人厌恶的气味,女孩一直都能闻到,跟他待在一起,就仿佛身边有一条眼镜蛇似的。

阿坦·托姆把帘子拉向一边,走进帐篷。当发现帐篷里空空如也的时候,他脸上圆滑谄媚的笑容不见了。他不知道,海伦只是在他进来前一小会儿,才爬到后墙下面。以他的判断,她逃走可能有一个多小时,但他确信她就在营地附近,因为他料定她不敢冒险,只身走进夜晚的丛林,而她偏偏就去了。

海伦胆战心惊地在黑暗中摸索着,初升的月亮驱散了些许夜色。一头狮子四处觅食,吼声再一次在森林里回荡,现在又更近了些,她的心往下一沉。但她还是下定了决心,跌跌撞撞往前走,相比于前方的狮子,让她更害怕的是后面那个男人。她希望那狮子继续吼叫,这样她就可以随时知道它的位置。如果它不叫了,那就可能意味着它已经闻到她的体味,在向她靠近了。

她误打误撞走上了一条兽道,循着路线往前走。她以为这是回邦加的路,但它不是。这条道延伸至更往南的方向,这对她也许是件好事儿,因为那狮子正是在去往邦加的路上。她在森林里继续跋涉,狮子的吼声也渐渐消退。

经历了一夜的恐惧，第二天大清早，海伦来到一片空旷的草地。一看到这草地，她就知道已经错过了去邦加的路，因为远征队从水边小镇出发后，一路没有经过这样的草地。她意识到自己已经迷路了。现在除了摆脱阿坦·托姆，她也没有什么别的计划。她的未来，乃至她的生命现在掌握在命运之神的手上，由命运之神任意摆布。她不敢想象，但她必须要继续，而且要满怀希望。

走出森林让她感到很开心，现在她正越过草地，朝一片矮山丘走去。虽然森林阴森压抑，却可以提供藏身之所，而且繁茂的枝叶可以让她避开很多危险，这一点她完全忽略了。她把阿坦·托姆和那头觅食的狮子抛在脑后。前方的路，虽然充满未知，反倒可以让她心安。

Chapter 7
粗鲁的贝鲁人

贝鲁头领明谷的儿子车曼果,正在和三个勇士搜捕一只食人兽,那家伙一直威胁着好几个村庄村民的生命安全。他们一路追过山丘,来到一片草地边,越过这草地便是森林了。他们爬上一片可以俯瞰整个草原的高地,却发现了另一个"猎物"。

"那儿有个白种女人,"车曼果说,"我们把她带回去交给我父亲。"

"等等,"一个同伴劝阻说,"肯定有带枪的白种男人跟她一起。"

"反正她正向我们这里走过来,那就再等等看,也许没有白种男人呢。"

"白种女人不会一个人来这里的。"刚才那个勇士坚持着。

"她可能出营闲逛,迷路了呢?"车曼果争辩说,"这些白种女人又脆弱又愚蠢!看,她没有武器,所以肯定不是出来打猎的,她一定是迷路了。"

"也许车曼果是对的。"

他们一直耐心地等着，这会儿海伦已经走进草地一大段了，车曼果跳起来，示意其他三人跟上，那三个勇士一路叫喊着，挥舞着长矛冲向白人女孩。

三人的出现太突然，太出乎意料，海伦好一阵子都被吓得呆若木鸡，甚至开始后悔当初逃出来，随即她转向森林往回跑。

脚步轻盈、行动敏捷的海伦，似乎完全可以甩开后面的"追兵"。她心想如果能在他们追上来之前跑进森林，就可以彻底摆脱他们。她的身后，车曼果一伙正加快速度往前追，先前心平气和的叫喊声，变成了愤怒和威胁。恐惧仿佛给女孩飞一般的双脚插上了翅膀，而勇士们由于长矛和盾牌的重负，开始慢了下来。海伦回头一瞥，信心满满地以为可以摆脱他们了。但是突然间，一头狮子从她的正前方走出森林，阻断了她的退路，它就是那只食人兽。

后面追兵的叫喊声成倍增大，这让那头狮子有些不知所措，它停下脚步。此刻，海伦真是进退两难，前后两条都是死路。她想一齐摆脱两头的夹击，转向右边——但这不过是完全出于自保的勇敢的无谓之举。她一跑动，狮子瞬间惊起直追，而勇士们显然对狮子无所畏惧，冲过去拦截它。要不是海伦绊了一下，摔倒在地，小伙子们可能就成功了。

女孩摔倒伏在地上，狮子立刻冲上来扑向她。但勇士们不断叫喊，而且近在咫尺，狮子还没来得及向它的猎物发起攻击，注意力又被吸引到了他们身上。四人把它团团围住，步步紧逼，车曼果掷出长矛。这看起来虽然像是匹夫之勇，但这些勇士们，是当地一个闻名的捕狮族的后裔，他们个个都对这项惊险的游戏驾轻就熟。

车曼果的长矛深深扎进狮子的身体，两个伙伴也几乎同时刺

粗鲁的贝鲁人 | 043

中了它，另外一个倒拿着他的武器。狮子发出可怖的叫声，转而冲向车曼果，他向后一步跳到地上，用盾牌掩护好身体。两个勇士围着车曼果和狮子手舞足蹈，扯着嗓门叫喊着，试图激怒和干扰狮子，第四个勇士伺机发出致命一击。机会来了，长矛刺穿了狮子的心脏，它倒下了。

车曼果跳起身来，把不幸的姑娘拉了起来。经历了一系列可怕的遭遇，海伦不知所措，她既感觉不到恐惧，也没有完全放松下来。她居然还活着！以后她可能会想，如果今天就这样死了，会不会更好？

几个小时的时间里，他们粗暴地拉着她，经过草地、山丘，来到另一个山谷，那儿有一个破败的村庄，被栅栏团团围住，里面都是些茅草屋。他们拉着她，走在村里的街道上，愤怒的村妇们围上来追打海伦，向她吐口水。她毫无畏惧，反而露出一丝浅笑，因为在她眼里，这些村妇跟文明社会里那些爱嫉妒的老女人没什么两样，要不是出于种种限制，她们也一样会这么做。

车曼果把海伦带到他父亲明谷面前。"就她一个人，"车曼果说，"白人不会知道我们怎样处置她，村里的妇女巴不得现在就杀了她。"

"我是头领，"明谷训道，当看到一个小老婆的眼神时，他又慌忙改口说，"我们今晚就处决她！今晚我们跳舞设宴。"

格雷戈里的猎游队走出一片森林，前方是一片绵延的草地，零星地长着几棵树。他们来到一座锥形的山脚下。"我知道我们的位置了，"泰山指着山说，"我们要去邦加，得先向北走，然后向西。"

"如果我们有食物和搬运工的话，就不用往回走了。"沃尔夫不由自主地说。

"我们必须得走回邦加，循着阿坦·托姆的路线走，这样才能找到海伦，"格雷戈里说，"如果我们有地图，那就不成问题了。"

"要什么地图？"沃尔夫说，"我认识去艾什尔的路。"

"奇了怪了，"泰山讽刺说，"在卢安果的时候，你不是说不认识路吗？"

"噢，我现在知道了，"沃尔夫吼了起来，"如果格雷戈里愿意给我一千镑，钻石跟我对半分的话，我就带他去艾什尔。"

"在我眼里，你就是个骗子，"泰山说，"如果格雷戈里愿意给你钱，我就带他走出去，不用搬运工。"

沃尔夫看到泰山完全没有防备和警觉，一把将他推倒在地。"该死的猿人，你没资格说我是骗子。"他叫着，从枪套里掏出手枪，但他还没来得及开枪，玛格拉就抓住了他的胳膊。

"沃尔夫先生，如果我是你的话，"达诺说，"我就赶紧跑，在泰山爬起来之前，飞快地跑。"

但是泰山已经站起来了，沃尔夫还没来得及逃，泰山就一手掐脖子，一手抓腰带，把沃尔夫高高举过头顶，似乎要把他扔到地上。

"不能杀他，泰山！"格雷戈里朝前跑过来喊着，"他是唯一能带我们去艾什尔的人，我给他那笔钱。如果有什么钻石的话，钻石也归他，我只想找回我的儿女。阿坦·托姆已经在去艾什尔的路上，如果海伦还在他手上，沃尔夫就是营救她的唯一希望啊。"

"随你便吧。"泰山说着放下了沃尔夫。

猎游队穿过草地，从锥形山脚下绕过，进入一片森林。他们就在林子里的一条小溪边搭起营帐。由于没有装备，只能搭个最为原始的营地——简陋的住所，临时的防兽栏，一个火堆。玛格拉作为唯一的女性，享受了最高待遇。她的住处最大，建得最好，男士们都住在她的周围，形成保护。玛格拉站在门口，沃尔夫经过时,被她拦了下来。这是沃尔夫和泰山发生口角之后,两人的第一次单独交谈。

"沃尔夫,你混蛋!"她说,"你答应过阿坦·托姆,要把他们带离正路,现在却出卖他,反而给格雷戈里带路。如果我告诉阿坦·托姆——"她耸耸肩接着说:"但你不了解阿坦·托姆,也不了解我。"

"也许你不会跟阿坦·托姆说什么。"沃尔夫若有所指地说。

"你别威胁我,"玛格拉警告说,"我不怕你!如果我把事情抖出来,他们俩都会要了你的命。泰山会直接拧断你的脖子,阿坦·托姆也会叫人把你捕死。"

"如果我告诉他,你喜欢那个猿人的话,他也许也会那样对待你。"沃尔夫毫不示弱地说。

玛格拉涨红了脸。"别犯傻,"她说,"我得跟这些人搞好关系。如果你有那么一点点头脑的话,你也该这么做。"

"我不想跟那个猿人有任何狗屁关系,"沃尔夫吼着,"我们不是一条道上的人。"

"显然不是。"玛格拉说。

"但是对你我来说,情况不一样,"沃尔夫不顾玛格拉话中的弦外之音,接着说,"我们得更友好一点。难道你不明白?你要是态度好一点的话,我们完全可以愉快相处嘛!如果你慢慢了解我了,你会发现我也没你想的那么坏。"

"很高兴听你这么说,我之前的确是那样看你的。"

沃尔夫皱了皱眉头,正琢磨着玛格拉的话时,突然看到泰山。"猿人在那儿,"他说,"看!他从一棵树跳到另一棵树上,活脱脱一只猴子。"

玛格拉对沃尔夫开始有些不耐烦了,她走向达诺,正好格雷戈里也来了。"泰山这是要去哪里？"格雷戈里问。

"去侦察一个土著村落，"法国人回答，"看看能不能找到些物资和劳力——民兵、搬运工、厨师之类的。有了这些，泰山就可以继续找您的女儿了。"

当丛林之王为寻找土著人的居住区而在树林中穿行时，他活跃的头脑回顾了过去几周发生的事情。他知道阿坦·托姆、拉尔塔什克和沃尔夫这三个混蛋在跟他作对。他们三个倒好对付，但是玛格拉呢？她两次从枪口下救了他的命，但他也知道，她是阿坦·托姆的帮手，也许还是帮凶。第一次救他，可能是因为玛格拉把他误认为布莱恩·格雷戈里。但现在她已经知道真相了啊，这让他怎么也想不通。他耸耸肩，把整件事情抛在脑后，庆幸自己能事先得到预警，保持警惕。

天色渐晚，泰山还没有找到土著村落，于是决定暂且作罢，赶回营地。突然间，他笔直地站在一棵大树的树干上，雕塑一般地抬着头，警觉地听着。一阵微风飘过，他闻到了羚羊的气味，于是他想到可以顺便带点肉回去，但当他准备靠近他的猎物时，远处土著人的鼓声隐约传进他的耳朵。

Chapter 8
食人族仪式

夜幕降临，海伦躺在一间脏兮兮的破屋子里，手脚都被绑得严严实实。外面乡村道路上，传来隆隆的鼓声，听起来很诡异怪诞，似乎来者不善。她感觉那鼓是在为她而敲——那样猛烈、那样挥之不去，好似一首挽歌，预示着她的死亡。她想知道当死神来临的时候，将会以何种方式出现。她甚至把死神看成是一个救星，可以让她摆脱那吞噬着她的恐惧。

这时，勇士们过来解开她脚上的绳索，粗暴地把她拉起来。然后，他们把她带到首领明谷家小屋门口的乡村小道边，将她绑在一根木桩上，她的周围人头攒动，有尖叫的妇女，也有高喊的勇士。在炊火的映照下，整个场面对这个在劫难逃的姑娘来说，像是一个可怕的噩梦，但她必须要从这噩梦中醒来。这一切太不可思议，甚至不像是真的，但当矛头刺穿她的身体，鲜血流出时，她知道这不是在做梦。

村寨不远处一个井井有条的营地里，驻扎着一支装备齐全的猎游队。搬运工和民兵们围着一小堆一小堆的炊火坐在那里。最中间的驱兽火堆前，两个外来人和工头穆里正在聊天，远处隐约传来当地人低沉的敲鼓声。

"他们开始了，"阿坦·托姆说，"穆里告诉我这一带是食人族的居住区，我们最好快点离开这里。我们明天就启程去艾什尔，那女孩是迷路了，那鼓可能就是为她而敲的。"

"您的手上沾着她的血，主人。"拉尔塔什克说。

"闭嘴，"阿坦·托姆呵斥道，"是她自己傻，她本来可以好好活着，享受'钻石之父'的。"

拉尔塔什克摇摇头说："主人，连您都不懂女人？她那么年轻漂亮，那么热爱生活，而您却毁了这一切。我曾经提醒过您，但您又不听。总之，您的手上沾着她的血。"

阿坦·托姆悻悻地走开，但即便在帐篷里，鼓声还是如影随形，让他不能安寝。

"有鼓声！"另一处营地里的达诺说，"我讨厌这鼓声，它是某个可怜的家伙要被处死的前奏。我第一次听到时，是被绑在一根木桩上，许多脸上涂得像鬼一样的家伙围着我跳舞，用矛戳我。他们不会一下子把你杀死，而是慢慢折磨你，延长你的痛苦，因为他们以你的痛苦为乐。"

"那您是怎么逃出来的？"拉瓦克问。

"泰山及时赶到了。"达诺说。

"他还没回来，"玛格拉说，"我担心那鼓是在为他而敲。"

"你们认为他们能抓住他吗？"格雷戈里问。

"不大可能，"沃尔夫大声说，"那只死猴子像只猫一样，有九条命。"

达诺愤愤地走开，格雷戈里、拉瓦克和玛格拉跟在他后头，留下沃尔夫一个人在那儿听着远处的鼓声。

泰山也从鼓声中得到了信号，那鼓声预示着折磨、牺牲以及死亡的到来。陌生人的生命对人猿来说微不足道，因为他一直与死亡为伴。所有生物最终都要面对死亡，一个无所畏惧的人，自然不会害怕死亡。而跟死亡捉迷藏，只是一种能给生活增添热情的游戏，用自己的勇气、力量、机敏和智谋来对抗死亡并战胜它——这就是其中的满足。

终有一天死亡会赢，但泰山还从未想过。不管怎样，他要维护自尊，要么奋起抵抗，要么溜之大吉。因为，只有傻子才会白白放弃生命，而泰山是最看不起傻子的。只要有一线希望，他便会欣然接受，哪怕是最严峻的考验。

夜幕刚刚降临时，泰山听到了鼓声，心里想着，它也许可以把他带到一个土著村落，弄回几个搬运工，而不是它那凶险的预兆。当然，他首先要勘察了解一番，熟悉一下当地人的性情，如果他们凶猛好战，他就得回避，带着几个同伴绕开它。而这鼓声传递的信号，恰恰就是那样。

如同无线电波引导飞行器一般，贝鲁人的鼓声就是泰山的"导航器"。泰山一路朝着村子进发，在树木间穿梭。他健步如飞，心里预演着在他"野蛮"的生存方式中曾享受过多次的游戏——阻止高曼咖尼人执行那种以折磨和死亡为目的的古怪仪式。鼓声告诉他有人就要被杀，但还没有执行，至于这个受害人是谁，对他来说并不重要。最重要的是阻止那些让施虐者得逞的游戏。也许他能及时赶到，也许不能。话说回来，即便他能及时赶到，也不一定能完成计划，但这些不确定因素给泰山喜欢的游戏增添了乐趣。

泰山一步步靠近明谷的村子，阿坦·托姆和拉尔塔什克则坐在营地的驱兽火堆旁抽着烟。

"这见鬼的鼓声！"拉尔塔什克骂骂咧咧地说，"搞得我毛骨悚然、心烦意乱。"

"明天晚上我们就不会听到它了，"阿坦·托姆说，"到时候我们已经在去艾什尔的路上了。"

"沃尔夫到时，恐怕不一定能找到我们，"拉尔塔什克说，"而且从艾什尔回来时，如果我们走另外一条路线的话，他就不可能赶上我们了。"

"你把玛格拉给忘了吧？"阿坦·托姆说。

"没有，我没忘记她。她会返回巴黎的，鸟儿总要归巢嘛。我们在巴黎就能见到她。"

"你低估了沃尔夫的贪心，"阿坦·托姆说，"为了他的那一半钻石，他肯定会过来的。"

"带着这个！"拉尔塔什克摸摸自己的刀说。

"你小子还真不孬。"阿坦·托姆笑着说。

"那该死的鼓声！"拉尔塔什克抱怨说。

除了阿坦·托姆和拉尔塔什克，另一干人也听到了鼓声。

"那鼓声！"玛格拉喊着，"你听过比这更恐怖的声音吗？"

"简直是收音机爱好者的噩梦，"格雷戈里说，"一个不能换台的无聊频道。"

"我好担心泰山，"玛格拉说，"他独自一个人在那恐怖的森林里。"

"泰山我倒是不太担心，"达诺安慰她说，"他自小到大一直生活在那里，有办法照顾好自己的。"

这时沃尔夫咕哝道："我们现在根本不需要他了，我可以带你

食人族仪式 | 051

们去艾什尔,我们完全可以让他滚蛋。"

"沃尔夫,从我所了解的一切来看,"达诺说,"不管是到达艾什尔,还是带我们活着走出去,我们唯一的希望只有泰山。你只管打猎就好,而且你甚至连本职工作都没做好,我们目前吃的肉还是泰山带回来的。"

"你们听!"拉瓦克喊着,"鼓声呢?已经停了。"

嚎叫的人群把无助的女孩团团围住,时不时地用矛头轻触着她的身体,而她本能地缩起身子。接下来的折磨,会让她更加痛苦不堪。某个丧心病狂的蛮人,会在舞蹈的刺激下发起疯来,用他的矛头刺穿她的心脏,把她从更大的痛苦中解救出来,虽然那不是出于同情。

到了明谷的村边时,泰山跳到地上,疾步跑向栅栏。村子里一片漆黑,他知道所有的族人此刻都聚集在那个大火堆周围,所以他不会被发现,而且即便他发出一点声响,那也会被震天的鼓声所淹没。

泰山身手如猎豹希塔一般敏捷,他越过栅栏,跳进对面棚屋的影子下,然后悄无声息地爬上首领家屋顶上的大树。这样,他可以俯瞰村子的主街道,那里正燃烧着火焰,土著勇士们舞动着、跳跃着、嚎叫着。泰山在树枝间穿梭,爬到大树的另一侧,看着下面正在上演的野蛮游戏。当他认出被绑在木桩上的海伦时,泰山大吃一惊。他看到一群拿着武器的勇士,在鼓声、舞蹈和对人肉渴望的刺激下,几近发狂。泰山把一支箭悄悄搭在弓上。

面对此情此景,一个手舞足蹈的土著已经有些忘形,他突然停下来,站到女孩面前,高举起他的短矛,准备刺进她的心脏。此刻翘首以待的人群,变得鸦雀无声。

海伦闭上了眼睛。该结束了!她长吸了一口气,心里默默地祈祷,只有那愈加疯狂的鼓声,打破了这死一般的沉寂。这时传来一声尖叫,一声遭受致命痛苦的尖叫。

一支不知从何而来的箭,射穿了刽子手的心脏,蛮人们一下子乱了阵脚,这时鼓声停息了。

听到中箭勇士的尖叫,海伦睁开了眼睛,发现一个死人躺在自己的脚下,野蛮的贝鲁人个个都是满脸的惊恐。她看到一个勇猛过人的勇士,拿着一把长刀慢慢向她靠近。这时从高处的某个地方,传来一声诡异离奇的叫声,那是公猿在杀死猎物后发出的可怕的胜利吼声。泰山正伸直着身体,面朝月亮。这吼声比鼓声还要大,传到了遥远的地方。

"是的,"达诺说,"鼓声停了——他们很有可能已经行刑。那个可怜的家伙已经从痛苦的折磨中超脱了。"

"噢!如果这是泰山怎么办?"玛格拉大叫,在这个静谧的非洲夜晚,依稀传来一声诡异的尖叫。

"我的天哪!"拉瓦克用法语喊道,"那是泰山,他刚杀了一个猎物。"

"我的先知啊!"营地边的拉尔塔什克也听到了吼叫声,他喊道,"多么恐怖的声音啊!"

"这就是非洲,拉尔塔什克,"阿坦·托姆说,"那是公猿发出的胜利吼声,我以前在刚果的时候听过。"

"那声音离这里很远。"拉尔塔什克说。

"但还是不够远,我们不能高枕无忧,"阿坦·托姆回答,"我们明天一早就撤营。"

"我们为什么要怕猿猴?"拉尔塔什克问。

"我倒不是怕猿猴,"阿坦·托姆解释说,"我刚才说那是公猿发出的胜利吼声,但也不敢确定。我这几天一直跟穆里聊这事儿,

食人族仪式 | 053

也许那个人真的不是布莱恩·格雷戈里。我问过穆里，有没有听说过一个叫泰山的白人，他说听说过，而且有人说他是一个魔鬼，所有做过伤天害理事情的人都害怕他。穆里还说，他大开杀戒时，会发出公猿的吼声。如果我们刚才听到的不是公猿的吼声，那一定就是泰山的。也就是说，他在找我们，这样的距离很不安全。"

"希望不要再见到那个人。"拉尔塔什克说。

那令人毛骨悚然的叫声，在夜晚的寂静中响起，靠近海伦的勇士也吓坏了，他直起身子，退后了几步。其他人惊恐万状，纷纷退缩起来，这时泰山说话了："注意了！丛林之王来要这个白人小姐。"泰山跳到木桩旁边，自信能通过自己一举一动中流露出的勇猛，唬住那些蛮人一阵子，这样他就可以赢得给海伦松绑和逃跑的时间。但他没料到，明谷的儿子车曼果相当勇武，车曼果手握长刀站出来，跃跃欲试。

"我是车曼果，明谷的儿子，不怕你丛林之王。"他大喊着，举着长刀跳向前去。海伦身上的最后一段绳索被解开后，泰山把刀插进刀鞘，转身面对首领的儿子。车曼果嘴里喊着"嘿、哈"，向泰山发出挑衅，而泰山赤手空拳面对怒气冲天的勇士。

车曼果靠近泰山，高举长刀，砍了下来，泰山一手抓住他的右手腕，一手抓住他腰间的衣物，像举小孩子一般，轻松把他高高举过头顶。泰山钢铁般的手指像钳子一样紧紧抓住车曼果的手腕，车曼果手中的刀应声落地。

海伦·格雷戈里几乎不敢相信自己的眼睛，她惊讶地看着这个不可思议的男人。但他是单枪匹马，面对整个食人族，海伦依然看不到逃生的希望，觉得本来只需牺牲她一个人，现在连泰山的性命也搭进来了。泰山的举动的确勇敢而光荣，但又是多么无谓、多么徒劳！

"把大门打开！"泰山命令惊魂未定的人群，"否则车曼果——明谷的儿子就得死。"

村民们犹豫不决，几个勇士在嘟囔着什么。他们是服从呢？还是要冲上去呢？

Chapter 9

获救的海伦

"走!"泰山对海伦说。没等那些土著反应过来,他就朝大门走去,依然把车曼果举在头上,海伦跟在他的身边。

几个勇士开始向他们围过去,情势紧张,危机四伏。这时明谷说道:"等一等!"他先命令他的勇士们。接着,他对泰山说:"如果我打开大门,你能放了车曼果吗?一根头发都不能少!"

"我离开大门一箭之地时就放了他。"泰山回答。

"我怎么知道你说话算话?"明谷问,"又怎么知道你会不会把他带进森林杀了?"

"你没得选择,只有照我的话做,高曼咖尼,"泰山说,"如果你开门,让我们安全离开,我就放了他。要是不开门,我现在就杀了他。"

"开门!"明谷命令道。

泰山和海伦安全离开了食人族的村子,走进非洲漆黑的夜晚,走出大门外一段距离后,泰山放了车曼果。

两人向格雷戈里的营地走去。"你是怎么落到那些人手里的?"泰山问海伦。

"昨晚我从阿坦·托姆的营地里逃走了,想要往回走,去邦加。但是迷了路,然后就被他们抓住了。路上还有一头狮子,它把我给吓得绊倒了,是他们杀了那头狮子。我遭遇了一次恐怖的经历,看到你时都不敢相信自己的眼睛。你又是怎么刚好来到这里的?"

泰山讲述了自己如何在食人族村子里找到她的经过。

"能跟爸爸重逢真是太好了,我到现在都不敢相信,"海伦说,"而且达诺上校也来了——太棒了!"

"是的,他和我们在一起,还有拉瓦克,那个带我们飞出卢安果的飞行员,还有沃尔夫和玛格拉。"

她摇摇头说:"我不知道玛格拉是怎么回事,她让我有些费解。我在卢安果被绑架后,她似乎很为我难过,但她也不能为我做点什么。我想她很害怕阿坦·托姆,但又跟他有着千丝万缕的联系,她是一个很神秘的女人。"

"我们还要对她慢慢考察,"泰山说,"还有沃尔夫。"

太阳出来已经一个小时了,玛格拉走出她的住处,加入到其他人当中,他们围着一个火堆,奥佳比在烤剩下的羚羊肉。玛格拉双眼浮肿,像是有些不安。他们跟她打招呼说"早上好",但从他们的脸色可以看出,什么都不好。玛格拉快速看了看四周,好像是在找谁。

"泰山没回来吗?"她问。

"没有。"格雷戈里说。

"事情这样悬着,简直太难熬了,"玛格拉说,"我几乎一夜都没合眼,老是在担心他。"

"你看看格雷戈里先生和我,女士,"达诺提醒她说,"我们不仅担心泰山,还有海伦——格雷戈里小姐。"格雷戈里飞快地瞥了一眼法国人。

几分钟后,其他人都走开了,就剩下玛格拉和达诺两人。

"你很喜欢格雷戈里小姐,是吧?"玛格拉问。

"是的,"达诺用法语表示承认,接着又反问:"谁不喜欢呢?"

"她人很好,"玛格拉赞同道,"我真希望当初能帮到她。"

"当初?什么意思?"

"我没法解释。但请你相信我,不管一切表象如何,不管你们所有人怎么看我,但我真是身不由己。我对一个人立下重誓——我必须要忠实于它。我不是一个自由人,不能随心所欲。"

"我会试着去相信,"达诺说,"虽然我现在还不能理解。"

"快看!"玛格拉大叫起来,"他们来了——两个人一起,这怎么可能啊?"

达诺抬头看着泰山和海伦走近营地,他和格雷戈里跑过去迎接他们。格雷戈里拥抱着海伦,眼里噙满了泪水,达诺也激动得说不出话来。拉瓦克过来了,并被介绍给海伦,从那以后,只要不被人看见,他的眼睛就没离开过海伦。只有沃尔夫还畏缩着,他一直坐在那里,眉头紧锁,闷闷不乐。

寒暄过后,泰山和海伦吃完了剩下的烤肉。他们一边吃,海伦一边讲述着她的遭遇。

"阿坦·托姆要为此付出代价。"格雷戈里说。

"他要用命来偿还!"达诺大声说。

"我要亲手杀了他。"拉瓦克喃喃地说。

一行人在森林里艰难跋涉,穿过草地,越过高山,但却仍旧没有找到阿坦·托姆的踪迹。海伦的身边总有人陪伴,要么是拉瓦克,要么是达诺,两人正处于一场愈演愈烈的爱情争夺战之中。然而,海伦对此似乎一无所知,但谁也无法了解一个女人到底知道多少。她不偏不倚地和他们两个交流,或谈笑风生,或严肃认真。达诺总是和蔼可亲,意气风发,而拉瓦克却经常闷闷不乐。

由于沃尔夫看似永远都找不到猎物,泰山就揽下了为队伍打猎的活儿。沃尔夫有时会独自一人出去研究去艾什尔的路线图,俨然成了向导。

一天清早,泰山跟格雷戈里说要离开远征队一两天。

"为什么啊?"格雷戈里问。

"我回来时再告诉你吧。"泰山回答。

"那我们要不要留在这里等你?"

"随便,都行。我反正能找到你们。"说着他就纵身一跃,一路小跑地走开了,他一直这样走了很长一段距离。

"泰山这是要去哪里?"达诺来到格雷戈里身边问。

格雷戈里耸耸肩说:"我也不知道。他不愿告诉我,他说要离开几天,我想不通他为什么要走。"

沃尔夫这时也来了。

"猿人现在要去哪儿?"他问,"我们现在有足够两天吃的肉了——也只能带得了这些了。"

格雷戈里把自己所知道的都告诉了沃尔夫,沃尔夫冷笑着说:"他这是要把您甩开了,谁都能看清。除此以外,他没有任何理由离开。您再也见不到他了。"

达诺在沃尔夫脸上狠狠地揍了一拳,达诺可不是轻易生气的人,他骂沃尔夫道:"你一张口就知道说这些,真是狗嘴里吐不出象牙。"

沃尔夫伸手掏枪,还没掏出来,达诺已经把枪口对准他了,格雷戈里走到两人中间。

"我们不能再发生这样的事情了,"他说,"我们即便不内斗,也已经有足够多的麻烦了。"

"对不起,格雷戈里先生。"达诺说着装起他的武器。

沃尔夫转身走开了,一路还在喃喃自语。

"我们该怎么办?上校,"格雷戈里问,"是在这里等泰山?还是继续前进?"

"我们还是继续前进吧。留在这里,我们会浪费一到两天的时间。"

"但是如果我们继续前进的话,泰山可能会找不到我们的。"

达诺笑着说:"到现在您还不了解泰山,如果您顾虑泰山会在非洲任何地方找不到我们,那就无异于担心您自己会在老家城市的主街道上迷路。"

"很好!"格雷戈里说,"那我们就继续前进。"

一行人跟在沃尔夫后面往前走,拉瓦克走在海伦旁边。

"这将是多么可怕的历程,如果没有——"拉瓦克犹豫了一下。

"没有什么?"女孩问。

"你呀!"

"我?我不明白你的意思。"

"那是因为你从来没有恋爱过。"他回答,声音有些沙哑。

海伦莞尔一笑。"哦!"她提高了嗓门,"你是在告诉我,你爱上我了吗?这一定是高原反应吧。"

"你是在笑我自作多情吗?"他追问道。

"不是,是笑你这个人。玛格拉和我是你这几周里见到的仅有的两个女性。作为一个法国人,你必定会爱上我们其中的一个。而玛格拉那么明显地爱着泰山,爱上她等于浪费时间,所以,请不要再提这事儿了。"

"我做不到,"拉瓦克说,"我绝不会放弃的。海伦,我疯狂地爱着你。请你给我一点希望。我跟你说,我已经几近崩溃了。如果你不给我留一点希望,我不知道我会干点什么,我也不会对自己的行为负责。"

"对不起,"她严肃地说,"但我的确不爱你。如果再这样的话,你会把事情搞得比现在还要糟糕。"

"你太残忍了。"拉瓦克抱怨道。在之后的时间里,拉瓦克都是独自一人闷闷不乐地走着,心里满怀对达诺的嫉恨。

还有一个人也是春心荡漾,呼之欲出,这个人就是沃尔夫。出于对他的仁慈,我们姑且把他求爱的动机说成是感情吧。他本来一直在前面带路,他走的兽道很容易辨识,根本不会走错,所以他就落到后面,走在玛格拉身边。

"你听着,小美人儿,"他说,"我为那天跟你说的那些话道歉,我不会因为任何事情伤害到你。我知道我们一直处得不太好,但我是为了你好。我什么事都愿意为你做。我们为什么就不能成为朋友呢?只要同心协力,我们可以走得很远。"

"你想说什么?"玛格拉问。

"我想说我具备让一个女人幸福的所有条件——那个大钻石我两边都有份,两千镑的现金。你想想,有了这些,我和你在这个上帝的国度可以做些什么!"

"和你?"她冷笑道。

"没错,和我。我配不上你吗?"他问。

玛格拉看着他,笑了起来。

沃尔夫气得满脸通红,羞愤地说:"好,如果你觉得可以视我如草芥,可以随便抛开的话,那你就大错特错了。我只是向你求婚，但也许我现在还不够好。这么跟你说吧，我想要的东西，一定能得到,你也一样！我甚至都不用娶你。你对那个猿人死心塌地,但他看都不看你一眼，而且他一毛钱都没有，靠什么过日子？"

"向导应该走在队伍的前头，"玛格拉说，"拜拜！"

傍晚时分，泰山从一棵树上跳到行进的队伍中间，如果这六个白人加上奥佳比，可以被看作是一支猎游队的话。七个人都停下脚步，围在泰山身边。

"很高兴你能回来，"格雷戈里说，"你不在的时候，我一直都在担心。"

"我去找阿坦·托姆的行踪了，并且已经找到了。"

"太好了！"格雷戈里高呼。

"他已经把我们甩得很远了，"泰山接着说，"都是拜你所赐，沃尔夫。"

"谁不会犯个错啊！"沃尔夫愤愤地说。

"你没有犯错，"泰山训斥道，"你是故意的，故意带我们绕弯子。格雷戈里先生，没有他我们会更好，你应该解雇他。"

"你们不能把我一个人丢在这个国家。"沃尔夫说。

"泰山的本事会让你吃惊。"达诺说。

"这是不是有点太突然了？"格雷戈里说。

泰山耸耸肩说："没问题，依你的意思吧。但从现在起，我们不用他当向导了。"

Chapter 10

禁城艾什尔

阿坦·托姆和拉尔塔什克站在队伍的前头,他们刚走出一片茂密的森林。一弯静谧的河水流经队伍的右侧,前方广袤的开阔地上分布着错落有致的村庄。低矮的山丘上方依稀可见一座休眠的大火山,矗立在远方。

"看,拉尔塔什克!"阿坦·托姆大呼,"那是图恩巴卡,火山口里面就是禁城艾什尔。"

"还有'钻石之父',主人。"拉尔塔什克补充道。

"是的,'钻石之父'!真希望玛格拉能来看看,不知道他们现在在哪里。我想沃尔夫应该和她在往这边赶了,也许我们出去的时候就能碰见他们,不过,他们不可能赶上我们——我们的行动非常迅速。"

"见不到他们的话,正好少两个人分了。"拉尔塔什克说。

"我对她母亲作过承诺。"

"那是多少年以前的事了,而且她妈妈早就死了,玛格拉根本就不知道有那么一个承诺。"

"我对她母亲的记忆永远挥之不去。你一向对我忠心不二,也许我该跟你说说这件事,听了你就明白了。"

"您的仆人洗耳恭听。"

"玛格拉的母亲是我唯一深爱的女人,无情的等级制度让我对她望尘莫及。我是一个混血儿,而她是王公的女儿。当时我被委派到她父亲手下当差,后来公主嫁给了一个英国人,我也被一起派到英国。她丈夫在非洲打猎时,恰巧发现了艾什尔。他在那里被囚禁了三年,受尽苦难和折磨。最后他设法逃回了家,但还是死于那三年的摧残。他回来后跟我们讲到'钻石之父'的故事,并且要求他的妻子立下重誓,要组织一支队伍回到艾什尔替他报仇。'钻石之父'就作为对加入队伍的志愿者的激励。但他画的那张地图不见了,因此后来也未能成行。后来公主也死了,把当时只有十岁的玛格拉托付给我。那时老王公也已经去世,而他的继承者跟一个英国人的女儿就没有任何关系了。就这样,寻找艾什尔的事一直在我心上,两年前我做了第一次尝试,就是在那时,我得知布莱恩·格雷戈里也在找艾什尔,他到了那里,而且画了一张地图,但他没有进城。他第二次去的时候,我跟踪了他,但后来又走丢了。他们不肯给我地图,所以我发誓一定要得到它,现在它终于就在我的手上了。"

"您是怎么知道他画了那张地图的?"

"他第二次进艾什尔的时候,有一天晚上,我们两支队伍遇到了。我正好看到他在画地图,就是现在我手上的这张,或者是他寄回家的那份手抄本。"

"玛格拉的父亲是因'钻石之父'而死的,因此她应该有一份子。

还有一个原因,我还不是七老八十,我在玛格拉身上看到了我深爱的女人的影子。你明白了吗?拉尔塔什克?"

"明白了,主人。"

阿坦·托姆叹了口气说:"也许我是在痴人说梦。以后就知道了,但是现在必须前进。穆里,让小伙子们出发!"

阿坦·托姆和拉尔塔什克说话时,那些土著人在窃窃私语,这时穆里走到阿坦·托姆身边对他说。

"我的人不能再往前走了,先生。"

"什么!"阿坦·托姆大叫了起来,"你疯了吧?我是花钱雇你去艾什尔的。"

"在邦加的时候,艾什尔还离得很远,因此我的人个个勇往直前。现在邦加离我们很远,而艾什尔近在咫尺了。他们开始有些害怕了,因为他们想起来图恩巴卡是一块禁地。"

"你是工头,"阿坦·托姆指责说,"是你把他们带过来的。"

"我办不到。"穆里坚持说。

"我们今晚就在河边扎营,"阿坦·托姆说,"我回头跟他们说说,明天他们就会变得更加勇敢。这个时候他们绝对不可以走。"

"很好,先生。他们明天会更加勇敢,晚上在这儿扎营不错。"

那天晚上,伴着河水舒缓的低语,阿坦·托姆和拉尔塔什克睡得很香。阿坦·托姆还梦见了'钻石之父'和玛格拉,拉尔塔什克听到一个低沉的声音,说着奇怪的语言时,他还以为自己是在做梦,但那不是梦。

阿坦·托姆醒来时,太阳已经高高挂在天空了。他叫唤着手下的土著小伙子,但是没有得到回应。他又叫了一声,这次声音很大,带着专横的语气。他听着周围的动静,很奇怪,整个营地鸦雀无声。他起身走到帐篷门边,扒开帘子往外一看,除了拉尔塔什克和他自己的帐篷外,营地里什么都没有了。他走近拉尔塔什克的帐篷把他叫醒。

"怎么了?主人。"拉尔塔什克问。

"那些狗杂种丢下我们跑了。"阿坦·托姆大声说。

拉尔塔什克跳起身来走出帐篷。"真主啊!他们带走了所有的粮食和装备。这是让我们在这儿等死啊。我们得赶紧追,他们应该没走多远。"

"不!我们继续前进!"阿坦·托姆说,他的眼里闪着奇怪的光,拉尔塔什克从未见过,"你认为我辛辛苦苦走到这一步,现在就因为几个土著胆小鬼而前功尽弃吗?"

"但是,主人,总不能就我们两个人去啊。"拉尔塔什克哀求着。

"闭嘴!"阿坦·托姆命令说,"我们一定要去艾什尔——去禁城,去找'钻石之父'!"他边说边发出一阵狂笑,"玛格拉将会戴上世界上最好的钻石。我们会很有钱,难以想象的有钱——她和我——世界上最最富有的人!我,阿坦·托姆,一个混血儿,会让印度王公都黯淡无光。我要在巴黎大街小巷都撒满金子。我——"他突然停了下来,举起手掌按住额头。"走!"现在他用正常的语气说,"我们沿着河流上艾什尔。"

拉尔塔什克默默地跟着他的主人走在河边狭窄的小路上。地面崎岖不平,沟壑重重。小路隐没在乱石嶙峋的荒地上。正午时分,他们来到一个狭窄峡谷的入口处,两边陡峭的悬崖高耸在他们面前,相形之下,两人显得甚为渺小。

"湿婆啊!这是什么鬼地方!"拉尔塔什克惊呼,"我们没法往前走了。"

"那就是去艾什尔的路,"阿坦·托姆用手指着说,"看到没有?就是那条沿着峭壁向前蜿蜒延伸的路。"

"那，那也叫路啊！"拉尔塔什克喊着，"恐怕，连只山羊都站不上去吧。"

"但是，那就是我们必须走的路。"

"主人，这样做太疯狂了！"拉尔塔什克哭喊道，"我们回去吧。就算世界上所有的钻石都在那里，我们也不能冒这个险啊。恐怕还走不到一百码，我们就已经掉进河里淹死了。"

"闭嘴！"阿坦·托姆骂道，"跟我走。"

两人颤颤巍巍地紧沿着峭壁上凿出来的小道，贴着石壁一步一步往前移。山下河水静静地流淌，那河水源自前面一个神秘的地方。只要失足一步，他们就会掉进河里。拉尔塔什克不敢往下看，他面对着石壁，双手伸开寻找抓握之处，但却捞了个空，他浑身发抖，唯恐膝盖支撑不住，掉下山崖送了命。他一步一步小心翼翼地跟着主人，毛孔直冒汗。

"我们根本做不到。"他气喘吁吁地说。

"闭嘴，给我跟上！"阿坦·托姆骂道，"我要是掉下去了，你就可以回去了。"

"哦，主人，我回都回不去了。谁能在这可怕的小道上转身啊！"

"那就继续往前走，不要在那儿大呼小叫的，搞得我心神不宁。"

"真想不到您会为了一颗钻石，冒这么大的风险！就算有一颗一座山那么大的钻石，我也不想要，我宁愿回到拉合尔。"

"你真是个懦夫，拉尔塔什克！"阿坦·托姆骂道。

"我就是个懦夫，主人，好死不如赖活啊。"

整整两个小时的时间里，两人沿着狭窄的小道慢慢前行，几近崩溃的边缘，阿坦·托姆甚至开始为自己的轻率后悔。在峭壁上转过一个山肩时，他看到了一道树木繁茂的小峡谷绵延向下，直至小河，一改悬崖之前那光秃秃的面貌。

小道下面就是峡谷，一到峡谷，筋疲力尽的两人就瘫倒在地，一直躺到天黑之际。醒来时，他们生了一堆火，夜幕降临，寒意不断袭来。他们一整天都没有吃东西，早已饥寒交迫。但这里没有什么能吃，他们只得用河里的水填满肚子，聊以安慰。喝完水，两人紧紧围着那一小堆火取暖。

"主人，这地方有点邪乎，"拉尔塔什克说，"我感觉有人在监视着我们。"

"是你心里有邪念，傻瓜。"阿坦·托姆怒气冲冲地说。

"真主啊！您看，主人！"拉尔塔什克结结巴巴地说，"那……那是什么？"他用手指着树林里的暗处，接着，只听到一个低沉的声音对他们说着奇怪的语言，拉尔塔什克随即吓晕了。

Chapter 11

巨猿的袭击

猿王安果正在和它的族人一起打猎。由于正值祭祀期，它们还没能找到祭祀用的供品，因此有些躁动不安。突然，这位毛发粗长的王者，抬头嗅了嗅周围的空气，咆哮了一声，似乎有些不太相信强风乌莎给它鼻子发送的信号。其他猿猴都看着它，期待着它的答案。

"是高曼咖尼和塔曼咖尼，"它说，"他们来了。"说完，它把它的子民们带进灌木丛，躲在小道边上。

格雷戈里的队伍沿着阿坦·托姆走过的路径前行，而泰山在很远的地方打猎。

"泰山恐怕遇到了点麻烦，"达诺说，"我一直没听到他的吼声。"

"他太了不起了，"玛格拉说，"没有他，我们早就饿死了——虽然我们还有一个猎人在身边。"

"压根儿就没有猎物，怎么打得到啊？"沃尔夫愤愤不平地说。

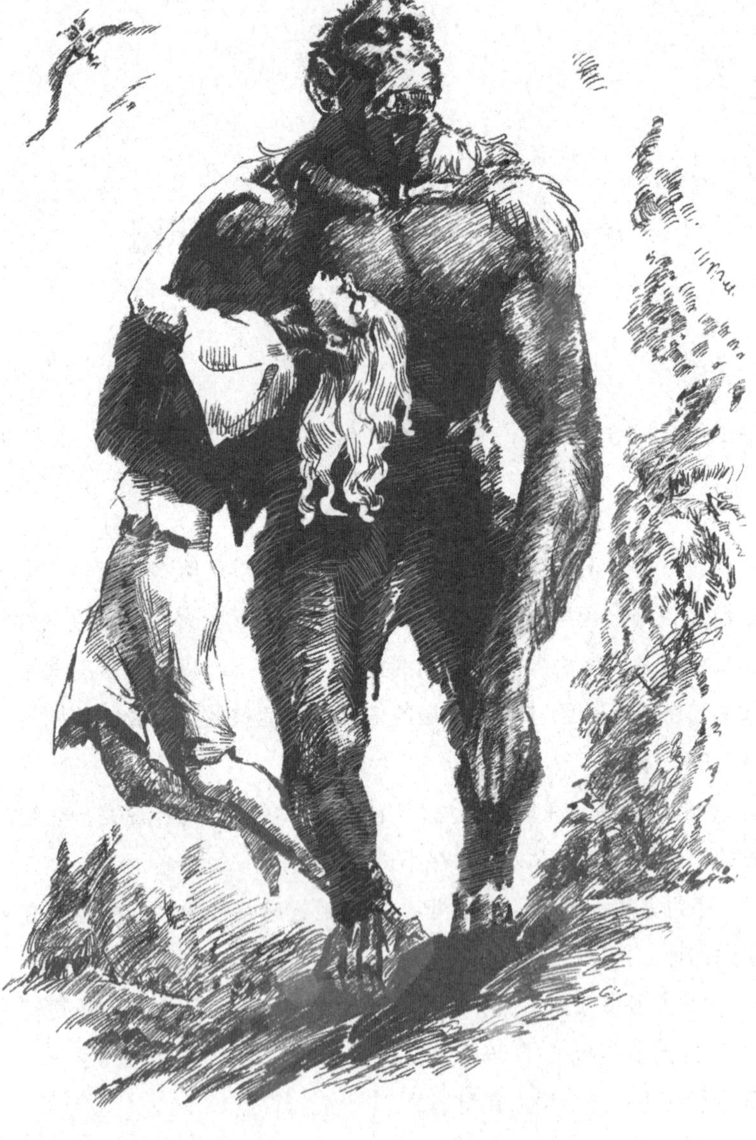

"泰山从来不会空手而归,"玛格拉说,"他还没有枪呢。"

"其他猴子也能找到食物,"沃尔夫冷笑着说,"但是谁愿意当猴子呀?"

安果正监视着他们的一举一动,它那双充血的眼睛里,燃烧着熊熊怒火。突然,它出其不意地冲了上去,其他猿猴紧随其后。格雷戈里的队伍惊慌后退,达诺掏出手枪,开了一枪,一只猿猴应声倒地,发出尖叫声。

于是,猿猴们马上蹿到了队伍中间,如果开枪的话,就有可能会伤及自己人。沃尔夫逃跑了,拉瓦克和格雷戈里被打倒在地,顿时一片混乱,事后大家都不记得当时发生了什么。猿群很快离开了,它们走时,安果把玛格拉夹在它那毛乎乎的手臂下,把她也带走了。

玛格拉拼命挣脱,直到筋疲力尽,强壮的野兽对她的挣扎毫不在意。但是,在一次被激怒后,猿王在她的头上捆了一下,差点把她打得失去意识。于是,玛格拉不再挣扎,希望能找个机会逃走。她在心里琢磨着,自己将要面对怎样糟糕的命运。那个庞然大物,竟然像人类一般,一想到自己未知的命运,玛格拉就不寒而栗。

安果半抱半拉着玛格拉,穿过丛林。它那些大块头伙计们,拖着笨重的脚步跟在后面。猿王把玛格拉带到一小片天然的空地上,那是一个原始的竞技场,从远古时代开始,巨型猿类就一直在这里举行它们的祭祀舞蹈。它粗暴地把玛格拉扔到地上,两只母猿蹲在她旁边看着,防止她逃走。

格雷戈里的队伍回到小道上,站在那里讨论下一步该怎么走。但是,他们还没能从刚才的意外袭击中完全恢复过来。

"我们可以跟着它们,"达诺说,"但根本不可能追上它们。即

巨猿的袭击 | 071

便追上,又怎么对付呢?虽然我们有武器。"

"但我们也不能站在这里坐以待毙啊!"海伦大声说道。

"听我说,"达诺说,"我拿上沃尔夫的步枪跟上它们。一旦它们停下来休息,我能赶上的话,兴许能趁机干掉其中几只,把其他的吓跑。如果泰山回来了,让他过来找我。"

"泰山已经来了。"海伦说。泰山背着猎物的尸体,正一路小跑着过来了,他的眼前是一支杂乱无章的队伍,人人都很激动,争先恐后地想要开口说话。

"袭击我们之前,我们压根儿没见着它们。"拉瓦克说。

"它们的体形跟黑猩猩一般大。"海伦说。

"它们就是黑猩猩。"沃尔夫插了一嘴。

"它们不是黑猩猩,"达诺说,"但根本来不及看清它们到底是什么。"

"最大的那只,把玛格拉夹在手臂下面带走了。"格雷戈里说。

"它们抢走了玛格拉?"泰山看起来很担心,"你们怎么不早说?它们走的哪条路?"

达诺指了指猿群离开的方向。

"找到适合扎营的地方前,你们一直沿着这条道走。"泰山说道,转眼间他又不见了。

月亮渐渐升起,月光洒在竞技场上。玛格拉躺在一面原始的瓦鼓边,三只年迈的猿猴用木棍敲着鼓,好几只毛发粗长的公猿开始在她周围舞动起来。公猿们挥舞着重棒威吓着她,它们围着受惊的姑娘蹦蹦跳跳,打着圈儿。玛格拉对这些仪式一无所知,她猜测自己可能命不久矣。

丛林之王泰山根据附在草丛、灌木丛,以及树叶上的猿类的气味一路寻找,那些庞大的身躯在空气中留下了它们的体味。尽管走在夜晚漆黑的森林里,但他就像白天追踪目标非常明确的野兽一样准确无误。他很清楚自己一定能找到它们,但是,能及时赶到吗?

月亮渐渐高升,泰山循着瓦鼓的震动声,走向举行祭祀的竞技场。这样,他可以更快速、更直接地从树中间穿过去。通过那鼓声,他知道玛格拉现在身处险境。但他确定玛格拉还没死,否则鼓声就会停息。

一旦玛格拉被折磨致死,猿群便会争着吃她的肉,把她的身体撕得支离破碎。他对此十分清楚,月色中,他曾在许许多多祭祀活动中蹦跳舞动,那是猎豹希塔、羚羊瓦匹被当作牺牲品的时候。

泰山接近竞技场时,月亮已近天顶。这是危险的时刻,因为当月亮到达天顶时,也便是巨猿们杀死祭品的那一刻。竞技场上,毛发粗长的公猿们跳着舞,模仿着狩猎时的样子。玛格拉躺在那里,一直没有动弹,她早已筋疲力尽,万念俱灰,只能听天由命了。因为她知道,此刻没有什么人能救得了她。

眼看月亮转瞬之间就要到达天顶,决定玛格拉命运的一刻即将到来。突然,一个只系了一条 G 形围裙的塔曼咖尼人,从猿群头顶的一棵树上跳进了竞技场。盛怒之下的公猿们有的在咆哮怒吼,有的在喃喃低语,它们愤怒地转向这个胆敢如此亵渎神灵、擅闯圣地的入侵者。

猿王弓着身子走在前头。"我是安果,"猿王说,"我要杀了你!"

泰山一边俯身向前迎着猿王,一边也在嘶吼着:"我是人猿泰山。"他用猿王的语言说着,这是他二十年前就学会的一种语言。

"我是人猿泰山,伟大的斗士,我要杀了你!"

玛格拉听懂了猿人挑衅时说的两个字——泰山。她大吃一惊,睁开眼睛看到猿王和泰山,各自绕着对方转圈,都在寻找机会。

泰山舍命相救的举动是那么勇敢，却又是那么徒劳！为了救她，泰山正以命相搏。但这是无谓的，面对这样一只庞大野蛮的巨兽，他能有什么机会赢呢？

突然间，泰山伸手抓住猿猴的手腕，迅速转身，来了一记背摔，把那庞然大物重重地摔在地上。但安果立即站起身，它冲向泰山，发出恐怖的咆哮和嘶吼声，这一次它要用巨大的身体压垮那个弱小的"人形怪物"，把他压成肉饼。

玛格拉不禁为泰山颤抖起来，脸色变得苍白。她看到泰山用同样野性的咆哮，迎接猿猴的冲击。眼前这个咆哮吼叫的野兽，就是那个她喜欢的温文尔雅、足智多谋的男人吗？难道他就是哲基尔医生和海德先生的原始版本吗？能够在两种身份间变换。

她注视着眼前发生的一起，茫然而恐惧。泰山如同闪电阿拉一般迅捷，又如猎豹希塔一般灵活，他俯身避开安果挥舞的双臂，一步跃上那毛茸茸的后背，一招肩下握颈，紧紧锁住狂怒的猿猴，他强健的肌肉不断加力，猿猴发出痛苦的尖叫。

"投降吧！"泰山用猿猴的语言吼着，更加用力向下压。

"投降！"

格雷戈里的队伍，围着营地里的火堆，听着远处的鼓声，焦急地等待着，至于究竟在等什么，他们自己也不知道。

"这是巨型猿类的祭祀，我想，"达诺说，"泰山以前跟我说过。圆月当空时，公猿们会杀死祭品。这种仪式可能比人类的历史都要久远，它是所有宗教仪式发端的源头。"

"那泰山以前见过他们举行这种仪式吗？"海伦问。

"他是被巨型猿类抚养长大的，"达诺解释着，"他在很多祭祀仪式上跳过那种死亡之舞。"

"他曾经帮着去杀人？然后把他们撕成碎片？"海伦追问道。

"没有,没有!"达诺大声地否定,"那些猿类几乎不会抓人类用来祭祀。泰山跟他们生活在一起的时候,他们只抓过一次,但是,泰山救了那个人。他们更愿意抓他们最大的敌人猎豹。"

"您觉得这鼓声是为玛格拉敲的吗?"拉瓦克问。

"是的,恐怕是。"

"我当初要是去找她就好了,"沃尔夫说,"那家伙没有枪。"

"他是没有枪,"达诺说,"但他至少不会走错路。"沃尔夫陷入沉默,一脸阴郁。

"那只猿猴抓走她的时候,我们其实都有机会做点什么的,"达诺继续说,"但老实说,我当时有些不知所措,根本来不及思考。"

"事情发生得太快了,"格雷戈里说,"我还没搞清楚到底是什么情况,一切都已经结束了。"

"你们听!"达诺大声说,"鼓声停了。"

他抬头看看月亮。"月亮已在天顶,"他说,"泰山赶到时,恐怕已经太迟了。"

"那些猿猴会把他也撕成碎片的,"沃尔夫说,"如果不是因为玛格拉,我觉得他死了倒好。"

"闭嘴!"格雷戈里骂道,"如果没有泰山的话,我们早就迷路了。"

他们说话的当儿,泰山和安果正在竞技场上鏖战。玛格拉看着他们,又惊又怕。她几乎不相信自己的眼睛,她看到那只巨型猿猴在泰山手下毫无还手之力。安果在痛苦地尖叫着,眼看它的脖子就要慢慢被勒断。最后,它终于撑不住了,它用本族的语言大喊着:"我投降!"泰山这才放了它,它马上跳起身来。

"泰山是王!"安果对着其他猿猴高喊。

泰山站在那里,等着猿猴来挑战,但是没有哪只公猿前来跟他争夺王位。它们看了泰山刚才对付安果的本事,个个都很害怕。就这样,按照数百年来的惯例,泰山成了部族的首领。

玛格拉有些不大明白,她还是惊魂未定。她跳起身来,跑向泰山,一把抱住他,紧紧搂着。

"我好怕,"她说,"现在我们两个都要被杀了吗?"

泰山摇摇头说:"不会的,它们不会杀我们。以后我让它们做什么,它们就做什么,因为我现在是它们的王。"

Chapter 12
玛格拉获救

经过胆战心惊的一夜，阿坦·托姆和拉尔塔什克在晨曦中开始沿着原路返回。

"我真高兴，主人，您能够悬崖勒马。"拉尔塔什克说。

"没有搬运工和民兵，我们两个强行进入禁城等于自杀，"阿坦·托姆心怀不甘地说，"我们先回到邦加，再招募一批不怕触犯禁忌的强兵勇将。"

"我们得先活着回到邦加。"

"越怕死的人，就死得越快！"阿坦·托姆骂道。

"在这个鬼地方过了一个晚上，谁能不怕死啊？您也看见了，不是吗？您听见那声音了吗？"

"是的，那是什么声音？"

"我不知道。那地方很邪门，在那儿能闻到坟墓和地狱的味道，人类是无法战胜另一个世界的力量的。"

"胡说！"阿坦·托姆激动起来，"这肯定有原因，我们要是知道就好了。"

"关键是我们不知道啊。我也不想知道，如果真主这次能让我活着回去的话，我再也不会来这儿了。"

"那钻石就没你的份了。"阿坦·托姆威胁说。

"能活着我就心满意足了。"

两人成功越过峭壁，安全返回到峡谷入口处的平地上。拉尔塔什克松了一口气，精神焕发，但是阿坦·托姆此刻却闷闷不乐。他抱着很高的期望来到这里，好不容易离成功只有一步之遥了，却输在这最后一步上，这让他非常沮丧。他垂头丧气地走在前面，顺着那段崎岖不平的路，返回他们在森林边的最后一个营地。

穿过路上的峡谷时，他们突然遇到了十来个白衣战士。他们从岩石后面蹿出来，挡住了阿坦·托姆主仆二人的去路。他们个个健壮如牛，头上插着羽毛，穿着短上衣，衣服的前胸和后背上，都织了一只鸟儿，他们一个个手拿长矛，腰挂尖刀。

领头人用一种奇怪的语言，对阿坦·托姆说着什么。发现语言不通后，领头人下了一声命令，那些随从押解着两人往河边走去，那里停靠着一条船，可能从法老时代，那船就一直漂在尼罗河上了。那是一条敞舱木船，配有二十个奴隶，他们都被锁链拴在划手座上。

阿坦·托姆和拉尔塔什克被矛头指着押上了船，最后一批战士跨过舷缘后，船驶离岸边，逆流而上。

阿坦·托姆哈哈大笑起来，拉尔塔什克惊讶地看着他。他身边的战士们也是一头雾水地望着他。

"您笑什么呀？主人。"拉尔塔什克怯生生地问。

"我笑——"阿坦·托姆高声说，"我笑我终究还是能到达禁城。"

海伦清早从住处出门时，见达诺一个人坐在驱兽火堆的余烬边,就走了过去。

"在这儿站岗吗?"她问。

"是的,"他点点头说,"一边站岗,一边胡思乱想。"

"想什么呢?比如……?"

"比如你啊——我们大家啊,还有我们下一步怎么走啊。"

"昨晚睡前,我跟父亲聊了一会儿,他已经决定返回邦加,重新组建一支队伍。没有泰山,他不敢继续往前走了。"

"他这样做是很明智的,你的生命太宝贵,不能再冒险了,"他犹豫了一下,有点不好意思地说,"海伦,你不明白,你的生命对我来说有多重要。我很清楚,现在不是谈情说爱的时候,但你一定也看出来了——是吗?"

"你这家伙,好色之徒!"女孩大声说。

"你什么意思?"他追问着。

"拉瓦克中尉也觉得他喜欢我。你看,保罗,这只不过是因为我是这里唯一的可能性而已——可怜的玛格拉那样深爱着泰山。"

"我不是那样的人。而且拉瓦克喜欢你,也绝不是那个原因。他是一个很好的人,他喜欢你,我不会怪他。不是你说的那样,海伦,我很确定。你也看到了,我渐渐有点茶饭不思了,而且经常喜欢一个人看月亮。"

达诺继续笑着说:"这些都是陷入爱河的表现啊,你知道的。很快我就会迷恋上写诗了。"

"你很可爱,你能有这样的幽默感,我很开心。恐怕那个可怜的中尉就没有,但也许是因为他没有你经验丰富吧。"

"得有一个'情暴预会'。"

"那是什么?"

"情人暴力预防协会啊。"

"傻瓜！你还是等等吧，回去了就有很多女孩子了。那样——"她越过达诺的肩膀往前一瞥，突然停了下来，瞪大眼睛，顿时吓得脸色苍白。

"怎么了？海伦？"他连忙问。

"保罗，猿群又回来了！"

达诺转身看到那些巨型野兽，从小道上缓缓走过来，他急忙喊格雷戈里和拉瓦克。

"快看哪！"片刻后，他高呼起来，"泰山和玛格拉跟他们在一起！"

"他们成了俘虏了！"海伦大叫起来。

"不是的，"达诺用法语否定道，"泰山成了猿群的首领了！世上有这样的奇人吗？"

"我高兴得都要晕过去了，"海伦说，"我以为再也见不到他们了，我已经绝望了，特别是玛格拉。这就像见了鬼魂一般。瞧，我们甚至都知道她昨晚是几点死的——就是鼓声停息的那一刻。"

众人热情地跟泰山和玛格拉打招呼，玛格拉说着她的遭遇以及她获救的经过。"我知道，这太难以置信了，"她接着补充说，"但我们确确实实回来了，猿群也在，如果你们不信的话，就去问它们。"

"这些臭要饭的在这儿干什么？"沃尔夫查问着，"我们就给它们打发点吧，它们抢走玛格拉不就是为了那玩意儿嘛。"

"它们是我的人，"泰山说，"它们听从我的指挥，你不要伤害它们。"

"可能它们是你的人，"沃尔夫喃喃地说，"但不是我的，我又不是猴子。"

"它们会跟我们一起上路，"泰山对格雷戈里说，"如果你跟它们保持距离，别去招惹它们的话，它们不会伤害你的。而且在很多方面，它们可以给我们提供帮助。你也看到了，这种类人猿很聪明，它们已经具备了基本的合作能力，低等动物没有这种能力。人类也是觊觎这些，使得他们可以高高在上统治它们，虽然那些动物在体力上可以轻易消灭人类。但是一旦被激怒，它们就是勇猛的斗士，当然，最重要的是，它们会听我的。它们会保护大家不受野兽和人类的侵犯。我先派它们到附近去打猎，我唤它们时，它们就会回来。"

"咦！他会跟它们说话呢！"泰山走过去跟安果说话时，海伦惊呼道。

"他本来就会，"达诺说，"他第一个学会的就是它们的语言。"

"你们真该看看，他跟那只公猿打斗的场景，"玛格拉说，"从那以后，我都有点怕他了。"

当晚，他们扎好营后，拉瓦克出来坐在海伦身边的一根圆木上。

"月亮真圆哪。"他说。

"是的，我也看到了，以后每一次见到圆月，我都不可能不想起那讨厌的鼓声，还有玛格拉的遭遇。"

"它应该让你想起一些快乐的事，"他说，"像我这样——想到爱情。圆月代表爱情。"

"也代表疯癫。"海伦提醒他说。

"我多么希望你能爱我，"他说，"你为什么不爱我？是因为达诺？你要提防他，他可是出了名的风流成性。"

海伦感到一阵恶心，达诺会为他的情敌说好话，两人的区别怎么这么大呢？"请你别再说了，"她说，"我不喜欢你，就是这样。"随后，她起身走到火堆旁达诺的身边。拉瓦克怒火中烧，杵在那里一动不动。

队伍里面，不只有拉瓦克一个人认为圆月象征爱情，沃尔夫也是。他极端自负，从不怀疑自己终有一天能冲破玛格拉的防御，让她投进自己的怀抱。他自觉高明，却总是在她面前，哪壶不开提哪壶，正如这天晚上，他看到玛格拉独自待着时的举动。

"那个该死的猿人有什么好？"这就是他爱情争夺战的开场白，"除了一条围裙，他啥都没有。你看看我！我有两千镑，还有世界上最大钻石的一半分成。"

"我在看着你，"玛格拉回答，"也许这是我不喜欢你的原因之一。沃尔夫，形容你这种人的词汇一大堆，但我真不知道哪一个最合适。不管你有什么'钻石之父'也好，'钻石之母'也罢，就算你都有，而且，即使世界上的男人都死光了，我也不会跟你。好了，以后不要再跟我提这事儿，否则我就去告诉猿人，他恐怕会把你掰成两半。你知道的，他也不喜欢你。"

"你觉得我配不上你，是吧？"沃尔夫大吼起来，"好，你等着瞧，我一定会得到你。还有你那个脏兮兮的猿人，早晚会落到我的手里。"

"那你可千万别让他发现了。"玛格拉笑着说。

"我可不怕他。"沃尔夫吹起牛来。

"站在泰山背后，你恐怕都不敢刺他。你知道吧？那只猿猴抓住我的时候，我看到你逃跑了。沃尔夫，你不可能吓倒我，不可能！这里所有人心里都有本账，我知道你是怎样一个两面三刀的胆小鬼。"

Chapter 13

女王阿特卡

　　押解阿坦·托姆和拉尔塔什克的驳船逆流而上，托姆听到一个战士和一个黑奴在用斯瓦西里语交谈。

　　于是他就用斯瓦西里语问士兵的头目："你们为什么要抓我们？你们想怎么样？"

　　"抓你们是因为你们太靠近禁城，进了艾什尔的人，没有一个能出得去。我现在就是要带你们去那儿。至于你们的命运嘛，那完全是掌握在女王阿特卡的手中。但有一点你可以放心，你永远也不可能离开艾什尔了。"

　　船的正前方，阿坦·托姆看到，图恩巴卡坚不可摧的城墙高耸入云。城墙下方，一个黑乎乎的巨大开口处，流淌着河水。船正驶进这个巨大的天然隧道，驶向冥河一般阴森的黑暗中。有人点燃了一个火把举在手上，船终于重见光明，行驶在一片湖水的中央，那湖位于图恩巴卡火山口的底部。

阿坦·托姆的左前方，可以看到这座四周由城墙包围的小城的脊梁。湖水的对面，左右两边都是森林和草地，湖水远处的尽头，另一座城依稀可见。

"哪个是艾什尔？"阿坦·托姆问士兵。

那人猛然伸出拇指，指着左边那个更靠近他们的小城说："那就是艾什尔。好好看看吧，因为除非阿特卡把你派到船上，否则你这辈子都看不到外面的世界了。"

"那座城，"阿坦·托姆问，"是什么地方？"

"那是托博斯，如果你被派到一艘战船上的话，我们去打仗时，你就有更多机会看到它。"

船正驶向艾什尔，这时阿坦·托姆转向身边坐在船尾的拉尔塔什克。阿坦·托姆一直在观察着小城，而拉尔塔什克一直在瞪着清澈的湖底。

"瞧！"阿坦·托姆高声喊着，"我的梦想实现啦！禁城就在那里，'钻石之父'就在城里的什么地方。我离它越来越近了，真是老天有眼呀！我就知道我命中注定会得到它。"

拉尔塔什克摇摇头说："这些战士都握着锋利的长矛，城里肯定还有更多士兵，他们不会让你把'钻石之父'带走的。我听一个士兵说，我们自己甚至都走不出去。别想得太美了，还是看看这湖水吧。这湖水清澈见底，我看到许多以前从来没见过的鱼和奇怪的生物。这也许是我们唯一一次能看看这些的机会。我的先知啊！您看，阿坦·托姆，那儿有一个奇观，真美啊，主人。"

阿坦·托姆向船边望去，眼前的一幕让他叹为观止、难以置信——湖底清晰可见一座金碧辉煌的庙宇，他能看到窗户里闪亮的灯光。他正看得入迷的时候，一个体形怪异、人类模样的身影走出庙宇，手拿一把三叉戟，行走在湖底。但是至于他在做什么，他要去哪里？阿坦·托姆没法看到了，因为快速行驶的驳船很快越过，已经接近禁城码头，那身影和庙宇都消失在视线里。

"下来！"领头的士兵命令道。

阿坦·托姆和拉尔塔什克从船上被押到码头。他们经过一扇小城门，进入城里。走过弯曲狭窄的街道，他们被带到城中心附近的大型建筑前。门前站着全副武装的战士，经过简短交谈后，士兵们和他们的俘虏被放行。

随后，阿坦·托姆和拉尔塔什克被押进宫殿，带到一位官员面前。官员听了士兵的汇报后，用斯瓦西里语跟他们说着话。

官员听了阿坦·托姆对于他们来到艾什尔的解释后，耸了耸肩说："也许你说的是真话，或者你是在撒谎，而且很有可能你根本就是在撒谎。不过这都不重要，艾什尔是一座禁城，来到图恩巴卡的人，没有一个能活着离开。至于他们的下场是就地处决，还是留待后用，完全由女王裁决。你们被捕的事会向她报告，她方便的时候会决定如何处置你们。"

"如果我能觐见女王的话，"阿坦·托姆说，"我一定能让她相信我的动机是好的，而且我能给艾什尔有价值的服务。我有个消息要报告给她，这对她和艾什尔至关重要。"

"你可以告诉我，"那官员说，"我会转告女王。"

"我必须要亲口告诉她。"阿坦·托姆回答。

"艾什尔的女王一般不会接见犯人，"官员傲慢地说，"如果你有什么消息，最好直接告诉我。"

"我当然有，"阿坦·托姆耸耸肩膀说，"但是除了女王，我谁都不能说。如果有什么灾难降临艾什尔，你难辞其咎，到时候别说我没有提醒你。"

"放肆！"官员吼道，"把他们带走关起来——还有，别给他们吃太多。"

一间阴暗的牢房里,阿坦·托姆和拉尔塔什克躺在冰冷的石板上,四肢都拖着锁链,链子拴在墙上。"主人,您不该顶撞他啊,"拉尔塔什克说,"如果您要上报给女王什么消息——恐怕只有真主安拉知道是什么消息——您为什么不告诉那个人?那样女王也能知道啊。"

"你是一个好仆人,拉尔塔什克,你的刀舞得出神入化。这些优点值得大加称赞,但你脑子不够灵活。很显然,安拉认为赋予你这些能力就够了,所以他没有给你思考的能力。"

"我的主人足智多谋,我祈祷他能带我离开这间牢房。"

"那正是我努力在做的事情。你难道不明白吗?求那些下属是毫无意义的。这个女王大权在握。如果我们能当面见到她,就等于我们的案子被提交到最高法庭。这样比在一个对我们毫无兴趣的人面前间接辩护的效果要好得多。"

"我再一次为您过人的智慧所拜服,但我还是不知道您有什么重要的信息要告诉艾什尔的女王。"

"拉尔塔什克,你无药可救了,"阿坦·托姆叹了一口气说,"我要告诉女王的消息,对你来说应该再明显不过了。"

几天以来,阿坦·托姆和拉尔塔什克一直躺在牢房冰冷的石板上,每天吃的食物只够维持生命。尽管阿坦·托姆再三请求觐见女王,那个给他们送饭的士兵总是默不作声,对他的话充耳不闻。

"他们这是要把我们饿死。"拉尔塔什克抱怨着。

"恰恰相反,"阿坦·托姆纠正道,"他们似乎对食物的卡路里属性异常熟悉。他们很清楚让我们活下去的食量。你看看我的腰围,拉尔塔什克,我一直在准备节食减肥呢。这些'好心的'艾什尔人倒给我提前办到了,我现在瘦得几乎像个精灵。"

"也许这对您来说是好事，主人。但是，对我这样一个皮下一两赘肉都没有的人来说，那就意味着灾难啊！我的骨头已经可以戳人了。"

"嗯？"阿坦·托姆喊着，有脚步声从通往他们牢房的过道传来，"加鲁力提那伙计又来了。"

"我还不知道呢，您居然知道他的名字啊，主人。但这次还有个人跟他一起——我听到了声音。"

"也许他今天多带了一点食物，所以需要帮手，"阿坦·托姆猜着，"如果是这样，多的都是你的，我希望他带的是芹菜。"

"您喜欢吃芹菜啊？主人。"

"不是，那是给你吃的，芹菜能补脑。"

牢门被打开了，进来了三个士兵，其中一个卸下了两个犯人脚上的锁链。

"怎么了？"阿坦·托姆问。

"女王要见你们。"士兵回答。

两人被带着穿过宫殿，走进一间大房子里，房子最尽头高台上的宝座上坐着一个女人，那宝座是由一整块火山岩雕制而成。女人的两边站着士兵，她的身后站着奴隶，随时待命。

两人被带到高台前停下了，他们看到一个美貌的女人，看起来三十刚出头。她的头发被扎成一根根小辫子竖在头上，向四周伸出足足有八到十英寸，头顶装饰着一根华丽的白色羽毛头饰。她冷冷地打量着阶下之囚，神情傲慢嚣张。阿坦·托姆从她的嘴形中看到了残忍，从她的眼神里窥见了暴戾。这是一个令人望而生畏的女人，一只杀人不眨眼的母老虎。这个一向遇事镇定的欧亚人，第一次在一个女人面前慌乱了。

"你们为什么要来艾什尔？"女王审问道。

女王阿特卡 | 087

"我们是碰巧路过,陛下,我们迷路了。发现前路不通时,我们原本要返回的。正当我们离开时,您的士兵捉住了我们。"

"你说你有重要消息要告诉我,到底是什么?如果你胆敢欺骗我,浪费我时间的话,对你可没有什么好处。"

"我有一帮强大的敌人,我就是在逃亡的过程中迷了路。他们说您拥有一块大钻石,他们来这儿,就是为了要偷那块钻石。我只是想跟您交好,帮您抓住他们。"

"他们要大举压境吗?"阿特卡问。

"这我就不知道了,但我想是,他们颇有手段的。"

阿特卡女王转身对一位贵族说:"如果这人所言属实,把他留在我们手上倒也不坏。阿克门,我把这两个犯人交给你,可以给他们合理的自由,把他们带走吧。"她接着对另一个贵族说:"务必密切监视城里各处入口。"

贵族阿克门把阿坦·托姆和拉尔塔什克带到宫殿东翼的舒适住处,跟他们交代说:"宫殿院内你们可以自由出入,除了王室那一翼。宫殿以下也不得进入,那里藏着艾什尔的秘密,擅闯者死。"

"女王对我们已经很宽大了,"阿坦·托姆说,"我们不能辜负她的一片好意。艾什尔这地方很有趣,只是有一点遗憾,我们恐怕不能走出宫殿,去城里或湖上游览了。"

"那太危险了,"阿克门说,"你弄不好会被托博斯人的船队抓住。他们可不会像阿特卡对你那么好。"

"我想再去看看湖底那幢漂亮的建筑,"阿坦·托姆说,"这就是我想去湖上的原因。那是什么建筑?我看到的那个建筑里的奇怪身影是什么?"

"好奇通常是致命的毒药。"阿克门说。

Chapter 14

托博斯人希坦

格雷戈里一行沿着阿坦·托姆队伍的路线，一路都很顺利，没有遇到什么障碍，也没耽搁行程。不过，大家对沃尔夫普遍开始不太信任，对于玛格拉的立场仍心存疑惑。而拉瓦克总是郁郁寡欢，对达诺心怀嫉妒，这些因素让本就身临险境的队伍更加紧张，一路上的遭遇也给他们的心理带来了影响。因此，这支每天跋涉在路上的队伍，显得并不那么和谐愉快。只有泰山，还是一如既往地平静和不为所动。

正午时分，他们停下来稍事休息，泰山突然一下子紧张起来。"土著人来了，"他说，"有不少人，而且离我们很近。风向刚好调转，我闻到了他们的气味。"

"他们在那儿，"格雷戈里说，"咦，这也是一支猎游队伍，有拿着行李的搬运工，却看不到白人。"

"那是您的队伍，先生，"奥佳比说，"是那支说好跟您在邦加会合的队伍。"

"那肯定就是被阿坦·托姆骗走的那支队伍，"达诺说，"但也没看见阿坦·托姆啊。"

"也许这是黑暗非洲的又一个谜吧。"海伦猜测说。

穆里正带领他的人，走在返回邦加的路上，看到白人小队时，先是吃了一惊，停下了脚步。后来，他发现自己在人数上大大占优，就又大摇大摆地走上前去。

"你是谁？"泰山问。

"我是穆里。"

"你们的主人呢？你们一定是背弃了他们！"

"你这个白人是谁啊？敢对我穆里问东问西的。"土著人傲慢地质问道，人数上的优势让他很有底气。

"我是泰山。"猿人回答。

穆里一下子畏缩了起来，一改之前的傲慢神气，哀求道："您别见怪，先生。刚才不知道是您，因为以前从未见过您。"

"你应该知道猎游队的规矩，背弃白人主人会受到惩罚。"

"但我的手下不愿意再走了，"穆里解释说，"我们到了图恩巴卡时，他们就不愿意再往前走了。他们害怕，因为图恩巴卡是一个禁地。"

"你还拿走了他们的装备，"泰山瞥了一眼搬运工扔在地上的担子，继续说，"你们居然还拿走了他们的食物。"

"是的，先生。但他们已经不需要食物了——他们就要死了——图恩巴卡是禁地。而且，是阿坦·托姆先生先骗了我们。我们本来说好是要给格雷戈里先生干活的，但是他却说格雷戈里先生要我们跟着他。"

"不管怎么说，你不该背弃他。要想免受惩罚，你就得跟我们去图恩巴卡——我们需要搬运工和民兵。"

"但我的手下都很害怕呀。"穆里哀求着。

"我泰山能去的地方,你的人就能去。我不会无端地把他们带进危险之中。"

"但是,先生——"

"别再什么'但是'不'但是'的。"泰山骂道。他又转向搬运工们说:"背上行李,跟我们回图恩巴卡。"

搬运工们嘴里嘟囔着什么,但还是背上行李,回到他们刚走过的路上,因为白人的意志是至高无上的。而且,消息已经在他们中间传开了,这次给他们发号施令的是半人半魔的传奇人物——泰山。

他们沿着返回艾什尔的原路,走了整整三天。第七天的正午时分,队伍走出了森林,来到一条静谧的河边。前面的地形崎岖不平,一片荒芜。低矮的山丘中,高耸着一座没有顶的休眠火山,看起来黑魆魆的,甚是险恶。

"看来那就是图恩巴卡,"达诺说,"只是一座死火山而已。"

"但是伙计们都害怕它,"泰山说,"我们晚上要监视他们,否则他们还会逃跑。我先往前走走,看看前面的情况。"

"小心点,"达诺提醒说,"这地方可是出了名的,你知道的。"

"我一向都很小心的。"泰山回答。

达诺咧开嘴笑着说:"有时候你对自己可没那么小心,就像巴黎的出租车司机对待行人那样。"

泰山沿着一条与河流几乎平行的小道前行,这也是拉尔塔什克和阿坦·托姆曾经走过的那条道。他悄无声息地往前走,每根神经都很警觉——这已经成了一种习惯。泰山留意到一种奇怪动物的踪迹,意识到在这里可能会遭遇一起从未经历的危险。在大圆石和粗糙的火山岩之间的一小块地上,他发现了一个巨大的脚印,依稀能闻到刚刚经过的一只爬行动物的气味。根据这个脚印的大小,他判断那是一种巨型动物。

听到前方不祥的嘶嘶声和咆哮声时,他猜测那只留下脚印的动物就在不远处。泰山循着声音往前走,他加快了速度,但也没有放松警惕。走到一个岩沟边往下看时,泰山发现了一个穿着古怪的白衣战士,正面对着一个他在地球上从没见过的动物。可能泰山并不认识这种动物,但它俨然就是一只小型的雷克斯霸王龙——很久以前统治地球的食肉爬行动物之王。可能他下面的这只相比于其身形巨大的祖先们,显得小一些,但它依然是一个强劲的敌手,跟一头成年的公牛一般大小。

泰山觉得,可以抓住这个战士作为人质,或者可以通过他,获取有关这个奇怪的国家和居民的信息。如果恐龙把那个战士杀了,那战士就毫无价值了。所以,说时迟那时快,正当野兽冲向战士时,泰山从悬崖上跳了下去,只有无所畏惧的人,才敢冒这样的险。

那名战士面对着巨兽,手上只有区区一根长矛。看见这个几乎裸体的、浑身古铜色的巨人从天而降,骑到面前这个让他绝望的怪物背上时,他一下子愣住了。战士看着那人一手勒住巨兽的脖子,一手持刀扎向它盔甲一般的背,但那野兽却纹丝不动。本来他可以逃之夭夭的,但他没有。见泰山已找到恐龙喉部的薄弱点,一刀一刀深深地扎进去时,他立即冲过去支援。

深受重伤的巨兽尖叫嘶吼着,到处乱蹿,试图把泰山甩落,但都没能成功。尽管已经受伤,但它跟其他爬行动物一样,生命力异常顽强,还远远没有被彻底征服。泰山的刀斩断巨兽的颈静脉时,那战士用长矛刺穿了它的心脏,巨兽发出最后一阵惊厥,瘫倒在地，死了。

这时，两人隔着巨兽的尸体，相互对视着。双方都不了解彼此的性情和来此的目的，因此各自心存戒备，琢磨着怎么找到一种比简易手语更有效的交流渠道。最后那战士想到了一门他们都能使用和理解的语言，那是他和他的手下，从他们抓为奴隶的黑人那里学到的——斯瓦西里语。

"我是托博斯的希坦，"他说，"我欠你一条命。但你为什么要救我？我们是敌是友？"

"我是泰山，我们交个朋友吧。"

"好！"希坦同意道，"现在请告诉我，应该怎么报答你。"

"我要去艾什尔。"泰山说。

战士摇摇头说："你正好提了一个我无法做到的要求。艾什尔人是我们的敌人。如果我带你去，我们都会被关起来杀了。也许我可以说服我的国王，让你进入托博斯。那样，等到我们征服艾什尔的那一天，你就可以跟我们一起去了。但你为什么要去艾什尔？"

"不是我一个人要去，我们队伍里有一对父女，我们相信他们的儿子、哥哥就被关在艾什尔。我们此行就是要救这个人。"

"也许我的国王会允许你们来托博斯，"希坦说，但话中有些模棱两可，"虽然这样的事史无前例，但因为你救了他侄儿的命，而且你们又是艾什尔的敌人，兴许他会允许的，至少问一问也无妨。"

"那我怎么得到他的回复？"泰山问。

"我可以到这里来告诉你，但这可能要等几天才行。我来这里是执行国王的一项任务的。我是从图恩巴卡唯一的一条陆路来到这里的，只有我们的人认识这条路。我知道这附近有一个山洞，今晚我就在山洞里过夜。如果赫拉特国王允许你们进入托博斯的话，我会在三天内回到这里。如果我不回来，那就是国王拒绝了。那样的话，一天之内你们就以最快速度离开这里。因为对于陌生人来说，留在图恩巴卡附近只有死。"

"跟我回我的营地吧，"泰山说，"你就在那里过夜，我们可以和我的伙伴们商量商量这件事。"

希坦犹豫了一会儿说："他们对我来说都是陌生人，对我们托博斯人来说，所有的陌生人都是敌人。"

"我的朋友不会是你的敌人，"泰山确定地说，"我保证他们不会伤害你。在他们的国度，人们不会把陌生人当成敌人，除非在得到证明以后。"

"那是一个多么奇怪的地方啊。那我就信你的话，跟你一起回去。"

阿坦·托姆为了赢得女王的恩宠，同时也为了阻止泰山和格雷戈里进入艾什尔，早就提醒女王对他们加以防备。因此，泰山和希坦二人开始往格雷戈里营地走时，一群士兵已经从艾什尔码头登上了战船，这是阿特卡女王派来阻截和骚扰格雷戈里的。老奸巨猾的欧亚人希望以此讨好女王，这样他就可以在窃取'钻石之父'逃跑之前，一直待在艾什尔。他一心想要得到那钻石，完全不会想到他的诡计终有一天要落空。

看到泰山带着一位穿着怪异的战士进入营地，格雷戈里的队伍吃了一惊，希坦头插托博斯的黑色羽毛，短上衣的前胸后背都织有公牛图案。格雷戈里等人的友好问候让希坦一下子放松了下来。尽管格雷戈里、海伦以及拉瓦克的斯瓦西里语有些蹩脚，但也基本能驾驭谈话。希坦跟大家说了很多关于图恩巴卡、托博斯以及艾什尔的情况。当他们提到"钻石之父"时，希坦显得有些闪烁其词,他们出于礼貌,也就没再追问。但希坦对于"钻石之父"的沉默,更激发了大家的好奇心,他们已经感觉到了围绕这块神奇石头的谜团。

这天深夜,营地周围的黑暗之中传来一阵低沉的声音,打破了人们酣睡中的沉寂。队伍瞬间被惊醒,陷入一片混乱,土著人受到惊吓,慌得乱打转。他们差点冲进森林,因为一群发着火光的骷髅头,突然飘在营地上空,发出警告:"滚回去!滚回去!死神在禁城艾什尔等你。"

"是艾什尔人!"希坦喊着。

泰山想要解开这奇怪幽灵的谜团,他跳向最近的一个骷髅,追了过去。达诺去召集民兵,但他们和搬运工们都已经魂不守舍,大多蜷缩在那里,恨不得把头埋进地里,还有一些人用颤抖的双手捂着耳朵或眼睛。

混乱之中,冲进来五六个艾什尔士兵,白人们掏枪迎敌。沃尔夫开了一枪,但没打中。接着那些人一下子跑了,就像他们来时那样突然。混乱的营地上响起一个女人惊恐的叫声。

泰山还在黑暗中追赶那个龇牙咧嘴的骷髅头。不出他所料,他抓到了一个有血有肉的大活人。那家伙还在负隅顽抗,但他哪是钢筋铁骨般丛林之王的对手。泰山三下五除二,打得他丢盔卸甲,把他拉回营地。

"看!"泰山一边跟土著人说,一边指着那人的磷光面具说,"这只是个小把戏,你们不用害怕了。他跟你我一样,是个人。"说完他转向他的俘虏。

"你可以走了,告诉你的人,我们不是来找茬的。如果他们愿意把布莱恩·格雷戈里还给我们,我们即刻离开。"

"我会转告他们的,"士兵说,但安全离开营地后,他转过来喊道,"你们永远不会见到布莱恩·格雷戈里,因为进入禁城的陌生人,没有一个能活着出去。"

"现在终于平安无事了,"格雷戈里叹了一口气说,"我不太相信那家伙说的话,他只是想吓唬我们。那怪异的声音,那些骷髅头,还有今天的突袭,目的都是这个,但我想后面一阵子,我们会遇到很多麻烦。"

"是谁在叫?"泰山问。

"听起来像海伦或玛格拉,"拉瓦克说,"但也有可能是搬运工,他们都吓得半死了。"

这时玛格拉向他们跑过来。"海伦不见了!"她喊着,"我想是他们把她带走了。"

而这时艾什尔的士兵们正把海伦拖向他们的船。那船就在离营地不远的河边,他们故意在营地造成混乱,一个士兵趁机抓走海伦,然后他们全部离开,跑到河边登船。他们正匆忙把女孩赶上船,一个士兵用一只手掌捂住她的嘴巴,在武力之下,她显得很无助。

"听我说!"希坦喊着,"他们的战船一定还在河里,没有走远。我们也许能在他们出航前追上他们。"说完,他立即跑向河边,其他人紧随其后。但到了河边时,他们发现已经追不上了,船桨稳健地划动着,那船正逆流稳步向前。

"我的天哪!"达诺用法语高声喊着,"我们必须要想想办法,不能眼睁睁看着他们把海伦带走。"

"我们又能做什么呢?"格雷戈里问,他已经语不成调。

"恐怕你们再也见不到她了,"希坦说,"她很漂亮,所以他们很有可能把她带到藏有'钻石之父'的神庙,让她去当祭司的侍女。进入那里的外族人,没有一个能活着出去的。明天,对于外面的世界来说，她就好比已经死了，就像她从来没有存在过。"

"没有其他办法能追上他们吗？"泰山问。

"等等！"希坦大声说，"还有一点微乎其微的可能性。如果他们今晚在荷鲁斯湖的隧道这头扎营的话，我们就有可能做到。但那条路很难走，只有最强壮的男人可以走过去。"

"你愿意给我带路吗？"泰山问。

"当然！但他们有一船的艾什尔士兵，单凭我们两个能做点什么啊？"

泰山仰头朝天，发出怪异的喊声等待回应。然后他转向达诺说："过来，你跟我们一起去。"

"我也去，"拉瓦克说，"能去的都得去。"

"你留下来，"泰山说，"必须要有人保护营地。"

拉瓦克嘟囔了几句，但他知道，泰山下的命令必须要遵从。于是，他看着三人消失在黑暗中，眼睛怒视着达诺。

希坦一路带着他们，走在他熟悉的那条路上，心里想着这个闯入他生命的奇怪白种巨人。他巨人般的力量和他的英勇无畏，给这个托博斯人留下了深刻的印象，但他看起来又有些古怪。还有他们走时，泰山发出的那怪异喊声，他为什么要那样喊？还在想着这些时，希坦听到身后传来咕哝声和咆哮声，而且声音越来越大。有什么在跟着他们，他回头一瞥，看到泰山和达诺后面有一只只巨大的黑影在闪动。

"你们后面有什么东西！"他提醒他们说。

"是的，"泰山回答，"我的猿群跟我们一起，走之前我唤了它们。"

"你的猿群？"希坦高呼。

"是的，它们会是好帮手。而且最强壮的男人去不了的地方，

托博斯人希坦 | 097

它们都能去。艾什尔人看到它们一定会很惊讶。"

"是的。"希坦表示同意。他自己也感到很惊讶,他的敬畏又增添了几分,当然,这敬畏不是对于猿群,而是控制它们的那个人。

希坦领着他们上山,走向峡谷的源头,道路越来越陡峭。但是,如果艾什尔人要扎营的话,必定会在那里。

"还有多远?"泰山问。

"我们赶到的时候,应该差不多天亮了。"希坦回答。

"如果他们在那儿扎营,我们可以攻其不备,他们不会想到有人能追上他们,所以他们可能不会派人站岗。"

"可怜的海伦!"达诺说,"如果他们马不停蹄地赶到艾什尔的话,她的遭遇将会是怎样啊?"

"那你就永远都见不到她了,"希坦回答,"我们的人世代都在努力攻克艾什尔,希望抵达那座神庙并得到'钻石之父',但从未成功。我们这么多年都没能做到的事,你们怎能做到?"

"她一定还在那里,"达诺说,"一定在!"

"有这个可能,"希坦说,"但也只是可能。"

Chapter 15

营救海伦

沃尔夫是真被吓到了。发生的这一系列怪事、营地突袭、艾什尔军队的出现，都让他深深感觉到了这次行动的严重危险和徒劳无功。这时，他对于生存的渴望远远高于他的贪婪。他认为，如果队伍仍要进入禁城艾什尔，那么就注定是自取灭亡。他急于逃脱这种命运，早已把"钻石之父"抛在了脑后。

营地里的人都睡下后，他叫醒了穆里。"你和你的人留在这里是要等死？还是等着当奴隶？"他问。

"我的人都很害怕，"工头回答，"但又能怎么样呢？待在这里害怕，背叛伟大的泰山先生而逃跑也害怕。"

"你以后再也不会见到那个猿人了，"沃尔夫安慰着那黑人说，"艾什尔人很快就会把他跟那个法国佬给杀了，然后再回来，要么把我们全杀了，要么就把我们抓回去当奴隶。你愿意下半辈子都被锁在一条船上吗？"

"我当然不愿意啦,先生。"穆里回答。

"那你就听我的。那女孩在这里很危险,我得救她。我命令你和你的手下把我和玛格拉带回邦加。你认为有多少人会愿意跟你走?"

"全部,先生。"

"好!那现在就动起手来。让他们把行李放在一起,千万不要发出什么声响。一切就绪以后,你喊几个伙计带上那个女孩,别让她发出声音。"

惊恐万状、前途未卜的海伦一夜未眠,而抓她的那些士兵,头天晚上在半路扎营休息。此刻,她注意到营地后面轻微的响声。黎明就要到来,它那惨白的光,驱散了笼罩在小峡谷的黑暗,女孩惊奇地看到,几个人带着巨型猿群正偷偷地潜入营地。

起初,她被这拨人给吓坏了,但她很快认出了泰山。几乎同时,她看见他身后的达诺,本来已经心灰意冷的她,心中又重新燃起了希望。一想到自己就要得救,她不禁发出了一声如释重负的喊声。

这时,一个艾什尔士兵醒了过来,意识到了危险,心想一定是有人来救俘虏了。他顾不上喊醒同伴,直接跳起身,一把抓住海伦,拉起挣扎着的女孩往船边走。

达诺跳向前去,拔腿就追,高喊了一声,以安抚受惊的海伦。两个士兵在与泰山纠缠,而希坦和猿群对付其他人。挟持海伦的士兵很快就来到船边,他对着船上的奴隶喊着,告诉他们等他一上船就准备出航。但达诺追得很紧,那士兵不得不转身自卫。他举起长矛,而达诺掏出手枪对着他。另一个士兵已经从猿群那边逃出来,正朝达诺身后跑来支援他的同伴。

法国人不敢对面前的士兵开枪,担心会伤到海伦,他还不知道另一个士兵正从后面靠近他。

说了这么久,其实不过几秒钟的事情。那士兵正要掷出长矛,海伦知道长矛一旦掷出,达诺必定凶多吉少,于是她跑到一边,把士兵一个人暴露在达诺枪下,达诺抓住机会赶紧开枪。

泰山、希坦和猿群已经解决了剩下的艾什尔人,现在只剩下准备从背后偷袭达诺的那一个。泰山眼看朋友正处于险境,但他离得太远,没法在他攻击达诺之前赶上。海伦也看到了,她大声提醒着法国人。这时达诺转过身来,拿好枪,扣动扳机,但是枪的雷帽出了问题,击锤撞上去没能点燃火药。

这时,泰山掷出了长矛。他的目标太远了,除了丛林之王,没有人能击中。泰山使出全身的力气,依靠身体的重量,把长矛掷了出去。正当那个艾什尔士兵刺向达诺时,泰山的长矛穿过了他的身体,刺穿了他的心脏。士兵死了,倒在达诺脚下,这时海伦突然晕了过去。如果不是达诺抱住她,她就倒在地上了。

"唷!"希坦惊呼,"真是太危险了,不过你那一掷真是太惊人了!我平生从没见过能够跟你相提并论的人。"

"你这辈子都不会见到人猿泰山这么厉害的人。"达诺说。

泰山已经超过他们,到了船边,船上的奴隶们不知所措。泰山叫来猿群,命令它们上船,和那些惊恐的奴隶们挤在一起。

"它们不会伤害你们。"泰山安抚着奴隶们。海伦、达诺和希坦上船后,他指示奴隶们划向下游格雷戈里的营地。

达诺坐在船尾,搂着海伦。她对这亲密的举动并未流露出反感,恰恰相反,她看起来很满足。

"我以为要失去你了,亲爱的。"达诺轻声说。

她没有回应,只是靠得更近,幸福地呢喃着。这对达诺来说,虽不能说是爱情的宣言,但至少是对他爱的接受,他很享受此刻的状态。

营救海伦 | 101

格雷戈里、拉瓦克和奥佳比站在河边,船拐过一个弯时,映入了他们的眼帘。

"艾什尔人又回来了!"格雷戈里大喊道,"我们得躲进森林里去,我们三个根本不是他们的对手。"

"等一等!"拉瓦克说,"那条船上都是猿猴。"

"哎呀!还真是呢!"格雷戈里高声说。

"泰山先生在上面。"奥佳比叫嚷着。

过了一小阵子,船靠岸了。猿群扎堆往外涌,格雷戈里一把抱住了女儿。

"感谢上帝,你找到了她,"他对泰山说,"但是现在有一个坏消息要告诉你。"

"怎么了?"达诺追问着。

"玛格拉和沃尔夫昨晚带着所有人和装备跑了。"格雷戈里说。

"噢,我不敢相信玛格拉会做出那样的事来。"海伦吃惊地说。

格雷戈里摇摇头说:"不要忘了,她可是阿坦·托姆的同党。"

"不管怎样,"拉瓦克说,"她已经走了。"

"我们现在该怎么办?"格雷戈里问,"看来这条路已经走到头了。"

"我们下去的时候,"泰山说,"我问了几个船上的奴隶,他们说有一个白人男子,被关在艾什尔的神庙里,那人可能就是您的儿子。我跟希坦谈过,他认为托博斯国王可能会破例接见我们,甚至如果有可能的话,他还会帮我们去营救你的儿子。现在这种情况下,去托博斯也不失为一个好办法。我们有一艘船,如果天黑之后登船的话,应该可以安全通过艾什尔。"

"我本人很愿意这么做,"格雷戈里说,"但我不能再让大家跟我去拿生命冒险了。早知道我们会遇到这样的险境,没有一支强大的白人军队,我是不会出发的。"

"我跟您一起去。"达诺说。

"还有我。"拉瓦克说。

"泰山先生去哪儿,我就去哪儿。"奥佳比说。

"这样的话,我们一起去。"泰山说。

一个筋疲力尽的士兵,跌跌撞撞地来到阿特卡女王面前。"我们在隧道下面的峡谷里扎营过夜,"他汇报说,"本来我们在那些陌生人的营地里抓了一个姑娘,带着她一起。天刚亮时,我们被三个男的和一帮猿猴袭击。其中一个男的是托博斯人,领头的是一个裸体的白人勇士。刚一打起来,我就被打晕了,然后就什么都不知道了。醒来时,我发现只剩下我一个人了,其他所有人都死了。"

"他们往哪里走了?"阿特卡问。

"这我不知道,但他们很有可能顺流往下,回到了他们的营地。"

女王转向站在宝座旁的一个贵族,命令他说:"准备六条船的人马,不管是死的还是活的,给我把那些人带回来,我要让他们知道布鲁勒的愤怒。"

Chapter 16
前往托博斯

沃尔夫整夜都蹒跚在回程的路上。一路上,沃尔夫都拉着一直跟他对着干的玛格拉,他的脾气也没能好转。现在他停下来稍作休息,小伙子们放下了行李,瘫倒在地上。沃尔夫一边擦着额头上的汗水,一边瞪着女孩。

"你最好还是安分点,"沃尔夫说,"这对我们来说都有好处。我既然带你出来了,就会一直把你留下,你也别再三心二意了。"

"你在浪费你自己的时间,"玛格拉说,"牵马到河易,但你知道——"

"我也可以逼它喝水,"沃尔夫咆哮着,"过来呀,你!"他抓住她,把她拉到身边。

玛格拉一边试图用右手把他推开,一边用左手掏他腰上的手枪。"住手!"她喊道,"否则,我就杀了你!上帝作证!"但沃尔夫对她的举动根本不当回事儿,把她拉得更紧了。

玛格拉从枪套里掏出他的手枪，射穿了他的胸膛，他死时脸上还带着那丑陋的笑。沃尔夫一倒下，穆里赶紧跳起来，他的伙计们跟在他后边。这个白人姑娘现在只身一人在他们手上，而且他知道在哪里可以把她卖个好价钱。与此同时，死去的沃尔夫身上还有两千镑。

玛格拉转过身对着穆里。"挑起你们的担子，走回营地去！"她命令道。穆里犹豫了一下，向她走过去，不但不肯屈服，反而有些咄咄逼人。"照我说的做，穆里，"玛格拉厉声说，"否则你就跟沃尔夫一个下场。"

"我们都累了，"穆里说着，设法拖延时间，"让我们歇会儿。"

"你们可以到营地里休息，出发！"

玛格拉用枪指着他们，逼他们走上了回营的路。他们虽然咕咕哝哝，但也不得不服从，因为他们亲眼看到她杀死了沃尔夫。她走在最后面，穆里倒数第二，就在她的前面。她要让穆里时刻谨记，有一把手枪一直对准着他的后背。她要是知道同伴们要弃营离开的话，一定会催他们走得更快一点，但是她却不知道。

格雷戈里营地这边，其他人正在讨论他们的计划，只有拉瓦克一个人闷闷不乐地站在一边，注视着手牵手站在那里的达诺和海伦。商量好之后，其他人都去各自的帐篷整理搬运工们丢下来的个人物品，拉瓦克去找达诺搭话。

"你现在跟海伦小姐很亲密嘛，"他说，"真让我恶心！我想她选择你是因为你是上校，而且比我有钱吧。"

达诺还是一如既往地不轻易动怒，脸色由红变白。"你的话让我更恶心，你这头猪！"他骂道，扇了拉瓦克一记耳光。

"你敢打我！"拉瓦克咆哮起来，从枪套里掏着枪。

幸好泰山正好从拉瓦克身边经过，他跳到两人中间，一把抓

前往托博斯 | 105

住中尉的手枪。"别再闹了！"他骂道。"我们的麻烦已经够多了，你们还在这里自相残杀。你的枪我先保管着，等你冷静下来，恢复点理智再还给你。现在所有人都上船去，我们立即启程去托博斯。"

"不能再发生这样的事了，"格雷戈里说，"如果拉瓦克中尉心里不痛快，我想他还是留在这里等我们吧。"

"你的意思呢？拉瓦克？"泰山问。

"下不为例，"拉瓦克说，"我刚才昏了头了。如果达诺上校不介意的话，我愿意向他道歉。"

"当然不会，"达诺说，"我为整件事情感到遗憾。对不起！我不该打你。"两人草草握了手，冷冷地分开了。很明显，从这时起，两人之间已经产生了嫌隙。

"那猿群怎么办？"格雷戈里问了句，更多是为了打破这尴尬的沉默。

"我已经告诉它们在这里待上一个月打打猎，"泰山回答，"如果它们还记得我的嘱咐，它们会留在这里，除非它们打不到什么猎物。"

准备上船时，泰山敏锐的耳朵听到森林那边传来的脚步声。"有人过来了，"他说，"我们先等一等，看看是谁。随时准备开船——来的不一定是朋友。"

这时队伍的前端已经走出森林，进入视野。"噢，那是我们的人！"海伦惊呼道。

"是的，"泰山说，"玛格拉殿后，你说得对。"

"我就知道她不会那样抛弃我们的，"海伦说，"我在想，沃尔夫去哪儿了。"

"有一个女人！"达诺说，"她拿着把枪对着穆里。"

玛格拉把穆里他们赶到河边,她简单述说了沃尔夫是如何怂恿穆里和他的手下绑架她逃跑的事,以及沃尔夫的死。"我在他身上找到这些,"她说,"他从格雷戈里先生和阿坦·托姆那里骗来的两千镑,还有他从海伦房间里偷的地图。"

"我们现在终于完全摆脱他了。"格雷戈里说。

泰山命令土著人把所有物资和装备都搬上船,事后他就把他们遣散开。

"如果你们愿意的话,可以留在这里等我们,"他说,"你们也可以回到你们自己的地方,但你们终究会为你们的所作所为受到惩罚。"

奴隶们弯下身子划起船桨,开动船逆流上行,队伍暂时从前面几个小时的高度紧张中放松了下来。拉瓦克坐在船头,望着前方,这样他就看不见达诺和海伦亲热地坐在一起的样子了。玛格拉坐在泰山身边,河水波澜不惊,一切都是那样安宁祥和。至少在此刻,他们确信可以安全抵达托博斯,因为他们将在晚上通过艾什尔。

他们在托博斯将会有什么样的待遇,现在还不能确定,甚至连希坦都不能给他们什么保证。他也只能说,会在他的叔叔——国王面前为他们说说情,但泰山救过他的命,而且又是艾什尔人的敌人,凭这两点,他可以完全确信国王赫拉特会对他们友好相待。

玛格拉叹了口气,转过身跟泰山说:"你一直都对我这么好,虽然你知道我是阿坦·托姆的同伙,我想告诉你,现在我只忠于你。"

泰山没有回应,他的心里在琢磨着另一件事。船的负荷太大,它在峡谷里缓缓上行,船舷几乎跟水面持平了。

"我们得在找到海伦的峡谷那里,卸一些东西到岸上,"他说,"如果我们遇到急流或者有什么碰撞的话,船就要翻了。"

"看!"拉瓦克大喊,"有一艘船过来了。"

"那是艾什尔人的船！"希坦惊呼，"它后面还有！"

"有六艘船。"拉瓦克说。

"上帝呀！"格雷戈里大叫着，"我们得掉头。"

"他们很快就能追上我们，"希坦说，"我们躲不掉的。"

泰山微笑着说："没有其他办法了，只有战斗了。"

"我们完全没有机会赢啊！有吗？"玛格拉问。

"看起来很难。"达诺回答。

"如果有'扫把星'这么一回事儿的话，"海伦说，"那么一定是有一个'扫把星'跟在我们后面。"

峡谷里回荡着艾什尔士兵的呐喊，他们的船冲向他们不幸的目标。格雷戈里的队伍用火器和弓箭迎敌。而矮小的艾什尔人向他们猛烈地掷出长矛。格雷戈里这边，小伙子们必须跳起来，越过奴隶们的头顶才能开枪。这样，他们的船倾斜得很厉害，舷侧已经进水，同时也影响他们瞄准敌人。一根长矛击中了一个划手，他往前一倾，死了，他的桨绕到了另一个奴隶的桨上。不久，他们的船翻向一侧，横在河面上，艾什尔人的头船配有四十把桨，这时正顺流冲了过来。敌人的船头，撞向格雷戈里这边船的中间部位，发出木头碎裂的响声。本已摇摇欲坠的船，在猛烈的撞击之下，瞬间倾覆。河水从左舷沿涌入，船开始下沉，乘客们手足无措，戴着锁链的奴隶们无助地尖叫。这时，艾什尔人的其他船只也驶了进来，他们要抓活的。

达诺和海伦被拉上最上游的一艘船，这船立即驶向艾什尔。队伍的其他成员漂到了下游，但最终也被拉上了第二艘船。

泰山在玛格拉身边游着，给她鼓励和支持，格雷戈里、拉瓦克和奥佳比就在他们附近。夜幕降临，天很快就要黑了。他们被抓上船时，看到希坦已经在上面了，比他们还要早一步被抓。但是海伦和达诺不在这艘船上，抓他们的那艘船在河上拐了一个弯，已经看不见了。

"看到海伦了吗？"格雷戈里问，但没有人看到她。

"我真希望她已经被淹死了，"格雷戈里继续说道，"上帝啊！我当初为什么要来呀？我真愚蠢啊！"

"如果我们都被淹死了，反倒好了，"希坦说，"落到艾什尔人手里，都不会有什么希望了。"

"到目前为止，"泰山说，"我们只不过是身上弄湿了而已。咱们等着吧，只有发生真正糟糕的事情时，我们才可以放弃希望。"

"但你看看，我们下一步会遭遇什么！"拉瓦克大叫道。

"我不知道我们下一步会遭遇什么，你也不知道。因此，我们不妨把最好的看成最坏的。"

"很妙的哲学，"格雷戈里评价道，"但很难让人相信啊！"

"我觉得这很好。"玛格拉说。

头船上，海伦和达诺冻得直发抖，两人紧紧依偎在一起。

"不知道他们怎么样了。"女孩说。

"我也不知道，亲爱的，"达诺回答，"但是感谢上帝，我们没有被分开。""是的，"她轻声说，"我想这次是真的完了，但我们可以一起走。"

"不要气馁，亲爱的。不要放弃希望，他们还没对我们怎么样呢。""可怜的爸爸，"海伦说，"你觉得他和其他人都被淹死了吗？"

"他们可能也被抓起来了。"达诺安慰道。

"对我们任何人来说，都没有什么两样。怪不得可怜的布莱恩再没能回去，那是什么？"

一阵诡异的尖叫声撕破了夜晚的宁静，在峡谷里回荡。

前往托博斯 | 109

Chapter 17

逃离艾什尔

阿坦·托姆和拉尔塔什克正在阿特卡宫殿的露台上,悠闲地欣赏着湖面的风光。虽被施以宾客之礼,但他们心里很清楚自己实则囚犯。如果能从这个国家全身而退,拉尔塔什克甚至愿意交出自己的灵魂。但阿坦·托姆还是对"钻石之父"梦寐以求,在心里描绘着它的样子——在他的幻想中,那是一块像足球那么大的石头。他还经常盘算着它的价值,聊以自娱,还把它换算成英镑,想象着自己可以用它买游艇、城堡和大型乡村庄园,用巴黎人见过的最美妙的晚餐宴请宾客,整天被世界上最美丽的女人讨好奉承,让她们个个珠光宝气,穿金戴银。但是,艾什尔的城墙矗立在他们周围,而且,外面还有一层图恩巴卡高耸的城墙。

他们坐在那里,贵族阿克门走了过来。"你们的敌人这时多半已经被抓住了。"他说。

"会怎么处置他们?"拉尔塔什克问,同时,他在想着自己会有什么样的结局。

"他们会知道什么是布鲁勒的愤怒。"阿克门回答。

"布鲁勒是谁?"阿坦·托姆问。

"他是我们的神,'钻石之父'。"艾什尔人解释说。

"他的神庙在荷鲁斯湖底,布鲁勒的祭司和圣湖荷鲁斯的湖水守护着他。"

"我还以为'钻石之父'是一块钻石呢。"阿坦·托姆惊呼。听说"它"是个人,他心里不禁一阵慌乱。

"你对'钻石之父'知道多少?"阿克门追问道。

"没什么,"阿坦·托姆急忙说,"我刚听说这么一个名字。"

"好吧,"阿克门说,"这件事我们一般不能跟外族人说的,但跟你说说也无妨。布鲁勒以及他神庙宝座前祭台上摆着的钻石,都被称作'钻石之父'。"

阿坦·托姆松了一口气,看来还是有"钻石之父"这么一回事的。突然,他们依稀听到一声诡异的尖叫,声音从湖的远端隧道那里传来,那隧道通往城外,把荷鲁斯的湖水引向数千英里以外的大海。

"那是什么声音?"阿克门说,"很像人发出的。"

"这附近有猿类生活吗?"阿坦·托姆问。

"没有,"阿克门回答,"怎么了?"

"听起来有点像猿猴的声音。"阿坦·托姆说。

押送泰山和他同伴们去艾什尔的船,正靠近通往荷鲁斯湖的隧道口。"那里面一片漆黑,"他用英语说着,"你们每个人锁定两个士兵,等我喊'柯瑞加'(曼加尼语中危险的意思)时,就把他们推下船去。如果我们动作够快,突然袭击的话,就能成功。推下两个之后,再去找别的。我没法告诉希坦和奥佳比了,因为艾什尔人也懂斯瓦西里语。但我一给你们发出信号,就会马上告诉他们。"

"那把他们推下去之后，下一步做什么？"拉瓦克问。

"噢，当然是把船夺过来啦。"格雷戈里说。

"我们可能都会被杀，"拉瓦克说，"但是对我来说已经无所谓了。"

船就要到隧道时，一个战士点燃了一根火把，因为隧道里面不见天日，舵手没法辨认方向。泰山对那火把很是懊恼，但并未放弃他的计划。现在有了光亮，可能就要更加困难了，但他还是觉得有很大机会成功。

突然间，猿人跳起身。随着他把一个战士推进水里，他的喊声"柯瑞加"响彻隧道。

"把他们都推下去！"他喊着，希坦和奥佳比瞬间领会了他的意图。

五个坚定的男人不顾一切地冲向艾什尔士兵，又是推又是撞，船上一片混乱。惊慌失措的艾什尔人毫无防备，轻而易举地被推下水，但是过了一会儿，那些第一波没被推下去的士兵集合起来进行防御，对泰山的大胆计划造成了威胁。

坐在船中间的玛格拉处于混战的中心，她蹲伏在船上两个奴隶之间，入神地目睹眼前这一幕粗暴的战斗，毫无惧色。在冥河一般的黑暗中，船头闪耀的火把映出跳跃的光斑和深邃的暗影，好似地狱入口一群垂死的灵魂拼命挣扎的动感画面。丛林之王神一般伟岸的身影闪动其间，犹如一头雄狮般力挽狂澜，眼疾手快，正气凛然。她也看到了失败的威胁，但她无力挽回。这时她听到希坦喊着："帮帮我们，奴隶们，为你们的自由而战吧。"

奴隶们齐心协力拖着锁链站起来，有的拿着船桨，有的赤手空拳冲向他们先前的主人，那些尖叫怒骂的艾什尔人被一个个推进水里。一个士兵握着剑向泰山刺去，玛格拉抓住他的脚踝，绊倒了他，他一下子摔倒在两个奴隶中间，两人顺势把他投到河里。

那叫声喊声回荡在隧道里，海伦向达诺靠得更近。

"他们正在发动反击。"她说。

"是的，"法国人回答，"第一声尖叫是泰山的口令，所以你可以放心了，他们在战斗。"

"我们至少知道他们没有被淹死，"女孩说，"爸爸可能也还活着，但要对付那么多的士兵，他们有什么机会能赢呢？"

"只要有泰山在，他们就有机会。如果你在泰山的那艘船上，我会更加安心。"

"你也在的话才行，否则我宁愿在这里。"

他把她搂得更紧。"命运真是讽刺，我们居然在这样的情况下相遇相爱。对我来说，这一切都是值得的，不管付出什么代价，但对你来说——我真希望你没来过非洲。"

"这就是英勇的法国人吗？"她开玩笑说。

"你知道我是什么意思。"

"当然，但你还是要为我能来到非洲感到庆幸，而我也是——不管发生什么。"

拖后的那条船里，最后剩下的几个敌人都被解决了，他们开始清点人数。"奥佳比呢？"泰山问。

"一个艾什尔人把他拖下了水，"玛格拉说，"可怜的家伙。"

"艾什尔人这是以牙还牙啊！"拉瓦克说。

"现在只差海伦和达诺了，"格雷戈里说，"如果没有被淹死的话，他们一定在前面的哪艘船里。没什么办法救他们吗？"

"我们前面有五艘船，"希坦说，"而我们只有四个人，对付五艘船的士兵，我们根本没有胜算。我们唯一的希望就是寻求我们国王的支援，但你们也已经知道，托博斯人从来没能进入艾什尔。现在最好的办法可能就是我们自救，而且如果前面有敌船伏击我们的话，这也并非易事。我们得熄灭火把，在黑暗中寻找机会。"

当他们的船到达隧道的尽头时，一大片湖水展现在他们面前。昏暗的星光下，他们看到左边遥远的地方，五艘船的火把在闪烁，再往后是艾什尔城里的灯光。没有敌船等在那里伏击他们，去托博斯的路向他们敞开着。

天刚破晓时，他们到了托博斯的码头。一队士兵站在那里待命，尽管清楚地看到希坦站在船头，他们的态度还是一样的剑拔弩张。

"他们看起来不那么友好，"玛格拉说，"我们可能是从油锅跳进了火海。"

"来的是什么人？"一个士兵盘问道。

"我是希坦，国王赫拉特的侄儿。"希坦回答。

"我们能认出希坦，但其他的都是陌生人。"士兵说。

"他们是我的朋友。"希坦解释着。

"他们是陌生人，进入托博斯的陌生人只能被当作囚犯来对待，"士兵坚持着，"如果他们不是来打仗的，让他们放下武器。"

在这样的条件下，他们被允许登陆，但立刻被吹胡子瞪眼睛的士兵们包围起来。"你知道的，希坦，"士兵头领说，"带陌生人进入托博斯是犯法的。虽然你是国王的侄儿，我还是必须把你和他们一起抓起来去见国王赫拉特。"

Chapter 18

被囚的布莱恩

海伦和达诺,被暂时关押在艾什尔宫殿里的牢房。不久,他们就被传唤面见女王,被带进大殿时,海伦不禁惊叫了一声。

"啊!阿坦·托姆和拉尔塔什克在那里!"她小声对达诺说,"在那儿,高台的旁边。"

"那是阿坦·托姆,"达诺说,"我要亲手抓住他,他们看起来不像是囚犯,这到底是怎么回事!"

"肃静!"一个看守命令道。他们被带到台下时,阿特卡恶狠狠地盯着他们。

"你们为什么要来到禁城?"她审问道。

"来找我的哥哥,布莱恩·格雷戈里。"海伦回答。

"你在撒谎!"阿特卡呵斥道,"你们是来偷'钻石之父'的!"

"不关那女孩的事,女王,"阿坦·托姆说,"是那个男人和他同伙们要找'钻石之父'。如果您愿意把她交给我,我可以全权负责。"

"她说的是真的，"达诺喊着，"她来这里，只是为了找她哥哥。撒谎的是那个家伙，他才是来偷'钻石之父'的。他又没有哥哥在这儿，除了偷'钻石之父'，他还能来干什么？他花大价钱，冒着各种危险来到艾什尔，没有别的原因。"

"你们都在撒谎，"阿特卡怒斥道，"把女孩送到庙里做侍女，把男人关起来。"

突然，卫兵还没来得及阻止，达诺挣脱开来，跳向阿坦·托姆，他有力的手指紧紧掐住欧亚人的脖子，要置他于死地。

"就算死，我也要先杀了你！"他喊着，但他还没能得手，士兵们就冲过去把他拖走了。

"把他关进笼子里！"阿特卡命令，"他想要玷污'钻石之父'，那就让他看着它，一直到死。"

"别了，海伦！"士兵们把他从大殿往外拖时，达诺回过头对她说。

"别了，保罗！"就这么简单的一句，但她那双目送爱人的眼睛里，泪水夺眶而出，心里想着这恐怕是最后一次看他了。

士兵们抓住了阿坦·托姆和拉尔塔什克，这时阿克门走近女王，在她耳边低语了几句。她点点头，命令士兵们放了他们。

"把这两个人交给阿克门，"她说，"他对他们全权负责，把这女孩带走，让婢女们先给她洗礼一番，然后带到祭司那里去。"

两个士兵带着达诺走下了一条长长的坡道，来到一架粗糙的升降机里，机器由楼上辘轳边的奴隶控制。士兵和达诺一起进入笼子，开始沿着一口黑乎乎的井向下滑。

"进入宫殿之前，我劝你还是好好看看外面的世界吧，"其中一个士兵说，"这是你的最后一次机会了。"

"为什么？"达诺问，"你们要带我去哪里？"

"去布鲁勒神庙，"士兵回答，"它在圣湖荷鲁斯湖底，你要在那里待到死了。也许你能长命，也许你会短命。不过你在庙里待过几个星期后，你就会祈祷快点死去。"

达诺正顺着天井往下，走向不可预知的命运，他无从判断这口天井到底有多深，他可能下了足足两百英尺，甚至更多。且不说它的深度，他深知，在这里他没法逃跑，也没人能救他。到了井底后，士兵们把他交给两个祭司，祭司带着他走过一条湖底深处的过道，过道的尽头，他被带进一间长方形的大房子，最里面一个华丽的宝座上，坐着一个老头儿。他身边围着祭司和侍女，他的面前是一个祭台，上面放着一个珠光宝气的盒子。

房子的两边都放着几个笼子，这让达诺想到动物园狮子馆里的笼子。但这里没有狮子，只有几个形容枯槁、赤身裸体、毛发邋遢的男人。

祭司们把达诺带到宝座前。"这是一个蓄意玷污'钻石之父'的犯人，女王把他送过来献给您。"一个祭司说。

"我们已经养得够多了，"老头儿抱怨说，"齐瑟博，把他关进笼子里。"

一个腰上系着一大串钥匙、身形高大的祭司走向前来，把达诺带到一个笼子前。他打开锁，示意达诺进去，门"砰"的一声关上了，一阵寒流突然涌遍法国人的全身，他就像进到了自己的坟墓一般。

隔壁笼子里，关的是一个饿得半死、蓄着胡须的男子，他好奇地看着达诺。

"可怜的家伙！"他说，"你也是来找'钻石之父'的吧？"

"不是的，"达诺说，"我是来找一个人。"

"谁?"对方问。

"一个叫格雷戈里的,我们猜测他被关在这里。"达诺回答。

"这就怪了,"那人说,"我很奇怪你为什么要找布莱恩·格雷戈里,因为,你看,我就是,但我对你好像没有什么印象。"

"你就是布莱恩·格雷戈里!"达诺激动地说,"我终于找到你了,这对我们来说是一个利好。我可以自我介绍一下吗?我是法国海军的达诺上校。"

"这就更奇怪了,"布莱恩说,"法国海军找我干什么?"

"不是这样的,"达诺回答,"你父亲准备来找你的时候,我正好在卢安果,然后我就跟他一起来了。"

"啊?那爸爸来找我了?真希望他不要来。"

"他来了,还有你妹妹。"

"海伦?她不应该来啊!"

达诺点点头说:"很遗憾,我得告诉你,她也来了。"

"她在哪儿?我爸爸在哪儿?"

"我不知道你父亲在哪里,但你妹妹是跟我一起被抓的,她也在艾什尔。"

"上帝啊!"布莱恩大叫着,"都是因为我!是我和那个盒子里装的该死的东西!"

"那是'钻石之父'?"达诺问。

"是的。布鲁勒的名字跟它一样——也叫'钻石之父'。那块大钻石就在盒子里,布鲁勒是守护它的神,所以人们也叫他'钻石之父'。"

"宝座上的那个老头儿就是布鲁勒?"达诺问。

布莱恩点点头:"就是那个老家伙。"

达诺扫视了房间里的笼子和其他囚犯,"这些人都是外面来的吗?"他问。

"不全是,"布莱恩回答,"有些是激怒了阿特卡的艾什尔人,有些是托博斯人,旁边笼子里的是赫可夫。他以前是个祭司,但不知道怎么得罪了那个老头儿,就来到了这里。"

"这里没有出路吗?"法国人问。

"没有。"布莱恩说。

两人正说着,艾什尔的婢女已经在宫殿的一个房间里,给海伦的身体涂好了芳香油,正在给她穿侍女服。

"幸好你长得漂亮,"一个婢女说,"这样你就可以去侍奉祭司们,而不是士兵或奴隶。当然,你也有可能被选作祭祀的牺牲。但只要不被选中,你就不用去侍奉士兵和奴隶,除非你变得又老又丑了。"

打扮好后,海伦被带下天井,走过通向布鲁勒宫殿的过道。海伦进去时,达诺和布莱恩看见了她,心灰意冷。她经过一个笼子时,里面的男人在喊着她的名字,她惊讶地转过身来。

"布莱恩!"她喊着,"噢,布莱恩,他们对你做了什么?"随后她认出了旁边笼子里的男人:"保罗!你们都在这里!"

"肃静,妇人!"陪同她的一个祭司命令她,把她带到布鲁勒面前。老头儿正打量她时,齐瑟博——那个腰挂钥匙的祭司对布鲁勒耳语了一番。

"你叫什么名字?姑娘?"布鲁勒审问道。

"海伦。"她回答。

"来自哪个国家?"

"美国。"

布鲁勒挠了挠头道:"根本没有这个国家。那个囚犯也说他来自美国,但我知道,他是在撒谎,你给我说实话。如果你能一直说实话,在这儿的日子会好过点。齐瑟博,这个海伦姑娘就跟随你吧。"

他接着往下说:"你要侍奉齐瑟博,我们的钥匙主管,务必把他侍奉好,姑娘。你要学习庙里的神圣仪式,服从齐瑟博。"他在珠宝盒上方做了一些神秘的手势,咕哝了一段奇怪的咒语。结束以后,他抬头看着面前站着的两个人宣布:"齐瑟博和海伦现在结为夫妇。"

"这是怎么回事?"达诺问。

"老家伙把海伦嫁给了那个禽兽,齐瑟博,"布莱恩诅咒着齐瑟博,"我们在这儿像野兽一样被关着,一点办法都没有。作为她的哥哥,你不知道,这对我来说意味着什么!"

"你也不知道,这对我来说意味着什么,布莱恩,"达诺说,"我爱她。"

Chapter 19

国王的条件

希坦和泰山、格雷戈里、玛格拉以及拉瓦克一样,以囚犯的身份被带到赫拉特面前。头插黑色羽毛的战士,围着国王的宝座,他的身边坐着王后曼瑟博。赫拉特身形高大魁梧、上唇洁净、下巴上留着黑色铲形胡须,面相傲慢,冷酷无情,他正皱起眉头看着希坦。

"你也知道托博斯的法律,"他说,"居然知法犯法,把陌生人领进来。即便你是我的侄子,也不能逍遥法外。你还有什么好说的?"

"我在图恩巴卡外的山坡上,被一只巨型爬行动物袭击,"希坦解释着,"如果没有这位泰山,我可能已经死了。他冒着生命危险,杀死了野兽,救了我的命。后来,我发现他和他的同伴们都是艾什尔的敌人,我就尽力帮助他们,因为我欠泰山一个巨大的人情。我当时想,我的国王,您也会感同身受的。或许他们是陌生人，但他们绝不是敌人——既然是我的朋友，那么我的族人和我的王也会把他们当朋友的。"

赫拉特的眉头放松了一些，他坐着沉思了几分钟。

"你刚才的话，"他说，"减轻了你的罪。我可以原谅你，但他们始终是陌生人，所以必须要杀。然而，考虑到情况特殊，我可以从轻发落，给他们一个求生的机会。他们想要活下去，就得满足三个条件：第一，有一个人要在竞技场上杀死一个艾什尔勇士；第二，有一个人要在竞技场上杀死一头狮子；第三，他们要从艾什尔的神庙里拿到'钻石之父'献给我。"

希坦转向泰山说："对不起，我的朋友。我这是把你们带过来送死啊！你们不该遭遇这样的命运。"

"我们还没死呢。"泰山说。

"把那姑娘交给婢女们，她们可以保她不受伤害，"赫拉特说，"把男的关起来，之后我再把其中一个送去见那个艾什尔人，带走！"

士兵们把泰山、格雷戈里和拉瓦克带进一间牢房，他们被铁链牢牢锁住，链子锁在墙上，牢房里阴暗潮湿，地上连草都没有垫。

"多么好客的国家。"拉瓦克说。

"至少国王还有点幽默感。"泰山说。

"从他和善的面容可以看出来。"格雷戈里说。

"我们也许能杀死那个艾什尔人，"拉瓦克思虑着说，"但是很难杀死一头狂野的狮子。现在我们是三个人，不知道下一个走的是谁。"

"我担心玛格拉会怎么样。"格雷戈里说。

"赫拉特那家伙的眼睛就没离开过她，"拉瓦克说，"我敢打赌，他一定知道她在哪里。"

"他们把她交给了两个婢女,"泰山说,"希望希坦能帮到她。"

"她是需要有人帮忙,"拉瓦克说,"但不会有的。"

艾什尔这边,阿坦·托姆、拉尔塔什克两人和贵族阿克门坐在一间舒适的房间里。如果罪恶的代价是死亡,那一定是出纳员还在打盹儿,因为阿坦·托姆和拉尔塔什克现在看起来正过着一种舒适奢华的生活。

"你还算走运,"阿克门说,"我在女王面前还能说上话,否则你们俩现在就在布鲁勒神庙的笼子里受苦了。我可以告诉你们,那可不是人待的地方。"

"太感激你了,我们欠你一个巨大的人情,我的朋友。"阿坦·托姆回答。

"也许这个人情你们能还得上,"阿克门说,"你们可以回想一下我之前跟你们说的话。"

阿坦·托姆点点头:"是的,你说过你是女王的堂兄弟,如果她死了,你就是国王。"

"非常正确。不过对你们来说,最重要的是,如果我当了国王,你们的生命就不会有危险。而且如果你们愿意,我可以安排你们离开艾什尔,回到你们自己的国家。"

"有你,最高贵的阿克门的指导和建议,"阿坦·托姆确信地说,"我相信这很快就能实现。"

格雷戈里和拉瓦克一夜都是半梦半醒,早上醒来时,他们的腿脚僵硬、一瘸一拐。泰山由于早已习惯了艰苦的生活,睡得还算好。

"主啊,这是怎样的一个晚上啊!"格雷戈里唉声叹气地说,"即便这个地方的建造师,找遍了地壳上所有的地质构造,他们也不会找到比这熔岩板更硬的石头。"

"也没有比这更冷的了，"拉瓦克补充道，"你们认为我们可以想办法逃走吗？我宁愿冒险，也不愿待在这里了。我们打不过那些送饭的人吗？"

"小声点！"泰山提醒道，"有人来了。"

他们两个什么也没听到。泰山的耳朵敏锐，已听到通向牢房过道的石板上有拖鞋发出的声音。片刻之后，一把钥匙拧开了锁，进来三个士兵。

"你们其中的一个要和一个艾什尔人决斗，"一个士兵说，"他是一个巨人，出了名的杀人如麻。如果他赢了，当然他一定会赢，他就重获自由。谁愿意先去送死？"

"让我去，"拉瓦克说，"反正待在这里很快也会死。"

"不，"格雷戈里说，"让我去，我反正年纪大了。"

"我去，"泰山说，"他杀不了我。"

士兵们都笑了。"你就吹吧，趁现在还能吹。"一个士兵说。

他们把泰山带进一个小竞技场——一个围在宫殿建筑中间的院子。院子的一头是观众的楼座，坐着国王、王后和大臣们。泰山抬头瞥了他们一眼，看到希坦也在那儿，一队头插羽毛的士兵站在国王和王后身后，楼座两端各站着一个号手。泰山站在竞技场中间等着，号手们把乐器举到嘴边，吹响了号角。一个大块头穿过王室包厢下面的小门，走进了竞技场。

"祝你好运，泰山！"希坦喊着。

"他的确需要好运，"赫拉特说，"他只有千分之一的机会。"

"了解！"希坦说。

艾什尔人逼近泰山，开始绕着他打转，寻找机会下手。"买买提那样的人，曾死在我的手下，"他自夸道，"很乐意再多杀你一个。"

泰山只是吼叫着，早期的训练和环境教会了他这样做，这已经让艾什尔人面露惊惧了,那狮子般的吼声,让艾什尔人的锐气稍稍受挫,因此泰山决定尽快解决战斗。艾什尔人近距离地发起攻击,想把对手抱在怀里勒死。他就是那样击垮买买提的,挤碎了他的胸腔,直到断裂的肋骨戳穿了他的心脏。

泰山任凭他紧抱着,他其实有意让他那样。艾什尔人用尽了浑身力气,但那健壮的胸口岿然不动。他大吃一惊,简直不敢相信。这时,怒吼的泰山用牙齿咬向敌人的颈静脉,艾什尔人才着实害怕起来,他迅速挣脱,退后了几步。

"你是人是兽?"艾什尔人问。

"我是人猿泰山,我要杀了你!"泰山怒吼着。

艾什尔人此刻就像一只被困的老鼠,一方面害怕死亡,另一方面又不得不以命相搏,以求自保,他低头冲向泰山。泰山一步横移,脚下打了个滑,这时对手顶中他的胸口,把他击倒在地。艾什尔人转过身来,高高跃起,压向躺在地上的敌人,试图将其一招毙命。王室包厢里传来喊声。

"我赢了!"赫拉特喊着。

"也许吧,"希坦眼看就要认输了,"但还未必——看!"

艾什尔人腾在半空时,泰山迅速滚向一边,对手重重地摔在石板上,两人瞬间跳起身来。艾什尔人从腰带上掏出一把匕首,跳向泰山。他这样做已经违反了比赛的规则,但他太恐惧了,根本顾不上什么规则了,一心只想杀了这个野兽一般的人。

敌人高举匕首冲过来时,泰山跳向一边,迅速转身,从背后抓住他,高高举过头顶,扔到石板上。泰山本可以乘胜杀了他,但他想戏耍艾什尔人一番,就像猫戏弄老鼠那样。这是对他违规使用匕首的惩罚,而且,同时也是丛林的幽默,虽然有些恐怖残忍。

那人挣扎着站起来,泰山慢慢向他靠近。他转身就跑,拼命讨饶，泰山追上去。虽然可以轻而易举地抓住他，但泰山只是跟着他，有意跟他保持几步距离，不时地大吼一声，让他的猎物心惊胆战。

"您是邀请我们来看跑步比赛的吗？"希坦笑着问。

国王赫拉特笑了："杀人魔王好像有点不大对劲。"

艾什尔人已陷入困境，心里的恐惧到了绝望的边缘。泰山停止了追赶，开始围着对手转圈儿，不时地发出低沉的吼声。突然间，那人吓得举起匕首，扎进自己的心窝。

"您输了，赫拉特。"希坦笑着说。

"但他不是你的那个泰山杀的。"国王还不认输。

"但那是泰山把他给吓死的。"希坦说。

赫拉特笑了。"你赢了！"他承认道，"把那人请过来，我有话跟他说。"

"我从没见过这样的奇人，"王后曼瑟博说，"这样的人不应该死。"

泰山被带到王室包厢里，站在国王和王后面前。

"你光明正大地赢得了自由，"赫拉特说，"现在我可以把条件改一改，不管另外两个条件能不能得到满足，你都是自由的。至于你的两个同伴，他们将要各自为自由而战。"

"还有那个姑娘呢？"泰山问，"她怎么办？"

赫拉特看起来有点不自在，匆匆瞥了一眼王后，然后说："那姑娘不会受到伤害，如果所有的条件都达到了，她会获得自由。你一直都会是希坦的客人，不管你的同伴是成功还是失败，到时候你可以离开这里。你们今晚要决定好他们俩明天谁去跟狮子格斗。"

"我自己去杀了那头狮子。"泰山说。

"但你已经赢得自由了啊！"王后曼瑟博说，"你不必去送死。"

"我去杀了那头狮子。"泰山重复了刚才的话。

赫拉特一脸疑惑地看了看王后，呵斥道："如果他想去送死，就让他去吧。"

Chapter 20

逃出布鲁勒神庙

布鲁勒神庙的大殿里,这时只剩下笼子里的囚犯。

"他们都走了,把海伦也带走了,"达诺说,"他们会把她怎么样?"

"我不知道,"布莱恩垂头丧气地回答,"在这里,你什么都不会知道,只能活受罪。幸运的话,你会被选作牺牲,死得干脆一点。他们有时会选我们犯人,有时会是一个侍女,那是一个血腥残忍的场面。"

他刚说完,一个怪异的身影从对面的门口进入大殿,看起来像一个穿着紧身衣的男子,他头上戴着一个奇怪的头盔,盖住了整个头部,肩膀中间绑着个异样的装置。他手拿一把三叉戟,三叉戟尖上的一条大鱼在扭动,他的头盔和衣服还在滴水。

"上帝啊!"达诺用法语喊道,"那是什么啊?"

"那是供我们伙食的普托姆,就是在艾什尔担任祭司的渔夫,"

布莱恩回答,"他们比祭司地位低,但比渔夫地位要高。他们从防水的隔间,去荷鲁斯湖底叉鱼供我们饮食。他背上的那东西可以供给氧气,它从水里提取氧气,氧气少量进入其中。他们说有了一个那样的头盔,就可以有源源不断的空气,人可以在水下一直存活下去。你会注意到他那厚重的金属鞋底,它可以防止他的身体浮起或两脚朝上翻转过来。"

"这整套装置让人叹为观止,"达诺评价道,"那条鱼也是,我之前从没见过那样的鱼。"

"以后你会见到很多,"布莱恩说,"希望你能习惯吃生鱼,否则你最好慢慢养成那样的饮食习惯——这里能吃的只有它。但你会看到祭司和侍女们吃得很奢侈,他们时常在这里美餐一顿,让我们看着更加痛苦。"

齐瑟博领着海伦走向神庙楼上的寓所,到一个过道的尽头,他推开了一扇门。

"这是你的新家,"他说,"漂亮吗?"

房间里乱七八糟地堆着千奇百怪的家具,配着奇形怪状的灯具和笨重的花瓶。房顶和墙面接合部都装饰着刻有骷髅和骨头的横饰带。透过房间最远端的窗户,女孩能看到正在湖里游着的鱼儿。她恍恍惚惚地走了进去,来到房间的另一头,站在窗边的桌子旁,那里摆着工艺古怪的大花瓶。她迷迷糊糊地想着,如果此刻心里不是因绝望和恐惧而乱作一团的话,这将会是一次多么有意思的经历啊!

齐瑟博一直跟着她,他把手搭在她的肩膀上。

"你真漂亮。"他说。

她往后一退,摆脱了他,靠着桌子,"别碰我!"她低声说道。

"喂!"他说,"记住布鲁勒对你说的话,你是我的老婆,必须要服从我。"

"谁是你老婆！休想！我宁愿死。你离我远点儿，我告诉你，离我远点儿！"

"你必须学会服从，学会做一个贤妻良母——而且要以此为乐！"齐瑟博恶狠狠地说，"过来！亲我一口！"

他试图抱住她，就在此时，她抓起桌上的花瓶，狠狠地砸在他的头上。他瘫倒在地上，一声不吭，海伦意识到自己把他给杀了，她的第一反应是彻底的放松。她没有半点后悔，但现在该怎么办？有可能从荷鲁斯湖底这个恐怖的地方逃走吗？

好一阵子，她就站在那里，看着那个刚被自己杀死的男人的尸体，吓得失魂落魄。随后她慢慢意识到，自己得干点什么。至少她可以把尸体藏起来，为自己多赢得一点时间。她环视了整个房间，看有没有什么合适的地方。但一想到之前痛苦的煎熬，还是不寒而栗。

海伦试图让自己坚强起来，她把尸体拖到一个衣柜里，尸体很沉重，但恐惧给了她力量，最终她还是把它放了进去。关门之前，她拿着他的钥匙和匕首。如果有什么出口的话，她可能会用得上那些钥匙，而且她很确定她需要那把匕首。

此时，她的第一反应是回大殿去见达诺和哥哥。如果能逃跑的话，她还可以把他们一起带走，至少她可以再看他们一眼。她慢慢沿着空无一人的过道，走下迂回的楼梯——齐瑟博刚还领着她上来过——她寻找着笼子的所在地——大殿。一路提心吊胆，生怕被发现，经过漫长的煎熬，终于她走到一扇似曾相识的门前。

问题是，这是大殿吗？如果是的，里面会有祭司或者卫兵吗？她犹豫了好一阵子，然后打开了门。没错，这是大殿，而且除了囚犯们，没有其他人。到目前为止，幸运女神还是挺眷顾她的，她已经完成了本来不可能的壮举。但是她还能仰仗多变的女神多久呢？她穿过大殿，来到达诺的笼子前，发现囚犯们都在熟睡，而且神庙里一片宁静，这让她更加信心满满。因为如果能逃出去的话，整个神庙都在安睡之时，那就是最好的时机。但没有一个卫兵看守囚犯，这说明艾什尔人很自信这里无路可逃，这样一想又有些让人泄气。

海伦倚着囚笼的柱子，轻声喊着达诺的名字。对于此刻心惊胆战的女孩来说，唤醒他的那短短几秒好似永恒的静止，但最终他还是睁开了眼睛。

"海伦！"他惊呼，"发生什么事了？你是怎么来这儿的？"

"小声点！"她提醒道，"我先把你和布莱恩放出来，然后我们再从长计议。"她一边对他说着，一边拿着钥匙一把把地试，最后终于找对了钥匙。笼门一转开，他就跳出去一把把她搂在怀里。"亲爱的！"他轻声说，"你这可是冒着生命危险哪！你真不该来，这又有什么用呢？这地方无路可逃。"

"也许吧。但至少在这短短的几分钟里，我们可以在一起——这个他们是永远也带不走的——至于冒不冒生命危险没有任何区别，我的生命已经不属于我自己了。"

"你说什么？"

"我杀了齐瑟博，"她回答，"我想，他们一旦发现他的尸体，就会很快要了我的命。"接着她跟达诺说了刚才楼上发生的事。

"你真勇敢！"他说，"受了这么多苦,你理应获得生命和自由。"

达诺从她手中拿过钥匙，打开了布莱恩的笼子。睁开眼睛看见海伦和达诺站在外面时，布莱恩还以为自己是在做梦。他得出去亲手摸摸他们，才敢相信自己的眼睛。他们向他简单解释了事情的经过。

逃出布鲁勒神庙 | 131

"现在我们是出来了，但又怎么样？"达诺无奈地问，"这里无路可逃。"

"我不敢确定，"布莱恩回答，"祭司们知道一个秘密通道，通道会在辘轳坏了或是神庙面临洪灾时启用。"

"对我们来说毫无意义，"达诺说，"除非你知道秘密通道的人口。"

"我不知道，但这里有一个人知道。这里的一个囚犯，就是关在我旁边笼子里的那个，以前也是祭司。如果我们救了他，他也许会带我们出去。我知道，他迫不及待地想逃出去，我去叫醒他。"

"我们把所有这些可怜的家伙们都放了吧。"海伦建议。

"当然。"布莱恩说。他马上叫醒了赫可夫，前祭司跟他交代了自己的想法，而达诺放出了其他囚犯，他们陆续聚集到布莱恩跟赫可夫身边时，达诺提醒他们不要出声。

"如果我们被抓住，就会被折磨致死，"赫可夫跟大家解释着，"而如果我们逃出去，就要流亡一辈子，因为在图恩巴卡我们将无处可去，只能住在山洞里，躲躲藏藏过完余生。"

"我有地方可去，"一个托博斯人说，"我可以回到托博斯，我知道一条小路，可以带你们走出图恩巴卡，那条路只有我们托博斯人知道。"

"不管怎样，就算是死，也比待在那些肮脏的笼子里饱受虐待强。"

"嗨！"那个托博斯人喊道，"我们还在这里说什么？你带不带我们出去，赫可夫？"

"好的，"前祭司说，"跟我来。"

他带着大家沿着湖底过道来到天井下面。他在天井边过道墙上的一块大熔岩板上摸索了好一阵子。这时那块板正向他转过来，露出阳世与冥府之间的暗界般黑暗的一个出口。

"大家得沿着这条过道摸索着往前走,"他说,"前面有很多楼梯,而且有些不那么直,但这里没有陷阱和侧道,我会慢点走。"

所有人都进了过道后,赫可夫把石板拉回原位。然后他在前面带路,大家开始了一个漫长而缓慢的攀登之旅。

"渐渐感觉我们就要完成一件不可能完成的事情了。"达诺说。

"而仅仅几分钟以前,这看起来还那么虚无缥缈。"海伦回答。

"这一切都归功于你,亲爱的。"

"应该是归功于齐瑟博,"她说,"或者是布鲁勒,是他把钥匙主管选给我做丈夫的。"

"哎!不管怎样,我们终于还是逃了出来,"布莱恩说,"主知道会有个人来搭救我们。"

九个逃犯走过秘密通道的尽头,出来的时候天还没亮。

"我们这是在哪儿?"布莱恩问。

"我们在艾什尔城上面的半山腰,"赫可夫回答,"现在我们至少可以享受几个小时的新鲜空气和外面的自由。"

"接下来怎么走?"

"我们得朝湖的上游走,"托博斯人说,"通向图恩巴卡的小道从那里进入。"

"很好,"赫可夫说,"快!我知道一个峡谷,如果我们不想白天赶路的话,可以躲在里面,天亮之前我们差不多可以赶到那里。一旦他们发现我们逃跑了,就会来抓我们。所以我们跑得越远,藏身的地方越隐蔽,就越安全。"

Chapter 21
竞技场上的搏斗

玛格拉并未身陷图圄,而是住在一应俱全的寓所,由女奴服侍着,她心里琢磨着自己为什么被施以这样奢华的待遇。这时房门被打开,赫拉特进来了,更令玛格拉猜测自己受到优待的原因。赫拉特的脸上堆着谄媚的笑容,好似一只把金丝雀逼到墙角的猫那般,一副自鸣得意的神态。

"他们对你的饮食起居照顾得还周全吧?"

"是的,陛下。"玛格拉回答。

"这我就放心了,我希望你能住得开心。你知道,你是我的客人。"他解释着。

"您对我真是太好了,希望您对我的伙伴们也能一样慷慨。"

"这恐怕有点难,"他回答,"尽管我对他们已经够公正仁慈了。你知道我为什么会对你这么好吗?"

"我想是因为托博斯是一个友善的民族,"她回答,"而且他们有一位仁慈的国君。"

"一派胡言!"赫拉特厉声说,"是因为你长得漂亮,亲爱的。而且你让我开心,能让国王开心的人,一定会有享不尽的荣华富贵。"他靠近她说:"我会让你过着皇后一般的生活。"他说着突然间抱住了她。

"我不会一直都取悦你的,"她怒斥道,"如果你现在不出去,以后就再也不会被取悦。"她一边说着,一边从他的剑鞘里夺过短剑,指着他的腰间。

"你这个女魔鬼!"他一步跳开了,"你会为此付出代价!"

"我才不会呢,"玛格拉说,"你要是把我惹火了,或是要处罚我的话,该付出代价的将会是你自己。"

"你这个奴才,敢威胁我?"

"我就是威胁你,"玛格拉承认,"而且这不仅仅是威胁。"

"哼!"赫拉特冷笑道,"除了威胁,你还能把我怎么样?"

"我注意到王后已经知道这事儿了,我身边的奴隶告诉我她的脾气很烈。"

"算你狠,"赫拉特说,"那我们做个朋友好不好?"

赫拉特国王去找玛格拉时,王后曼瑟博躺在她寝宫的一个长椅上,女奴们有的在给她修脚指甲,有的在为她梳头。

"那个故事老掉牙了,都发臭了。"王后不耐烦地说。

"陛下恕罪,"那个刚才给王后讲故事解闷的奴隶说,"那您听过农夫老婆的那个故事吗?"

"都听了快一百遍了,"王后骂道,"赫拉特一喝醉酒就讲那个故事。他每次讲的时候,我是唯一一个不需要笑的人,这就是做王后的好处之一。"

"噢,我想起来一个,"另一个女奴叫道,"有两个罗马人——"

竞技场上的搏斗 | 135

"闭嘴！"曼瑟博命令道，"你们烦透了！"

"也许我们可以去找个艺人来给陛下您解解闷。"另一个建议道。

曼瑟博想了一会儿，回答说："嗯，有一个人，他要是能陪我聊聊天的话，我就不会那么闷了。他就是在竞技场上杀死那个艾什尔人的男子，他真是一个男子汉。美斯耐克，你去请他过来。"

"但是，陛下，国王要是来了怎么办？我们这里其他人是不能入内的。如果国王来了，而他正好也在这里怎么办？"

"赫拉特今晚不会来，"王后说，"他在跟他的贵族们赌钱，他跟我说过今晚不来。去把那个超人请过来，美斯耐克，快点去。"

泰山和希坦在后者的寓所说话，一个皮肤暗黑的奴隶进来了。"最尊贵的希坦，"他说，"王后陛下宣这位在竞技场上杀死那个艾什尔人的勇士觐见。"

"在哪里？"希坦问。

"在王后陛下的寝宫。"

"你先到门口等着，随后带他去见王后陛下。"希坦对奴隶交代着。奴隶走后，他转向泰山说："你必须要去，但要小心谨慎。尽快回来，在那里能多谨慎就多谨慎。曼瑟博自比塞壬女妖，而赫拉特的嫉妒心超乎寻常。我想他是更担心被愚弄，而非其他。"

"谢谢，"泰山说，"我会小心的。"

泰山被带到曼瑟博面前，她对泰山打着招呼，脸上露出迷人的微笑。"你就是杀死那个杀人魔王的勇士吧，"她说，"那真是太有趣了，我从未见过那么有趣和令人愉悦的表演。"

"看着一个人死去很有趣吗？"泰山问道。

"哎呀，他不过是一个艾什尔人嘛，"王后耸耸肩说道，"你叫什么名字？"

"泰山。"

"泰山！很好的名字，我很喜欢。过来坐到我身边，答应我，你不要去跟狮子格斗，我希望你活着待在这里。"

"我要去。"泰山说。

"但那狮子会杀了你，我不愿你死，泰山。"她的语气如同爱抚一般轻柔。

"那狮子杀不了我，"泰山回答，"如果我杀了它，您能在国王面前为我的朋友们求求情吗？"

"没有用的，"她说，"国法就是国法，赫拉特是一个公正的国王。他们怎么都是难逃一死，但你必须活下来，留在托博斯。"

突然她一阵惊恐，"伊西斯（古代埃及司生育和繁殖的女神）啊！"她喊着，"国王来了！快躲起来！"

泰山站在原地，双臂交叉，丝毫没有要躲躲藏藏的举动。国王进入寝宫时一眼就看到了他，赫拉特的脸上顿时布满怒容。

"你来这里做什么？"他质问道。

"我是来找您的，但只看到了王后，"泰山回答，"刚才我在请求她为我的朋友们说说情。"

"我想你是在撒谎，"赫拉特说，"因为虽然我不了解你，但很了解我的王后。看来我得让你去斗两头狮子了。"

"王后是清白的，"泰山说，"我来这里，她也很生气。"

"我突然来到这里，她更多的是害怕，而不是生气吧。"赫拉特说。

"你对我太不公平了，赫拉特，"曼瑟博埋怨说，"对他也不公平，他说的是真话。"

"我怎么对他不公平了？"国王厉声质问。

"你已经承诺了，他只斗一头狮子。"她解释着。

竞技场上的搏斗 | 137

"我可以改变主意啊,"国王不满地说,"而且我不明白你为什么这么关心这件事。你这样正好证明了我对你的怀疑,让我想起去年送到竞技场上的那个年轻士兵,我本希望你能够让我彻底忘掉他。"

曼瑟博紧绷着脸,沉寂了下来。赫拉特命令泰山回到自己的住处。

"那两头狮子已经好几天没吃东西了,"他说,"它们明天一定会饥饿难耐的。"

"您不该饿着它们,赫拉特,"泰山说,"饥饿会降低它们的战斗力。"

"它们还是能发挥出最佳状态的,"国王回答,"因为饥饿会让他们更加急切,更加凶猛。"

第二天正午时分,两名士兵把泰山带到竞技场上。希坦已经和国王、王后坐在王室包厢里了,眼看泰山几乎已经被判了死刑,他刚向泰山就来到托博斯遭遇的不幸结局表达了自己深深的懊恼。

泰山走到竞技场中央停下来时,赫拉特转向他的王后说:"你的品位极高,曼瑟博,这个男人的确是一个上等货色,但是很遗憾,他今天必须得死。"

"那我也得赞美一下你的雅趣,"王后回答,"那个女人也是个极品,但是很遗憾,她也得死。"听王后这么一说,赫拉特知道她已经听说自己去找玛格拉的事了。这时国王看起来极不自在,因为曼瑟博没有压低说话的声音,他们身边的贵族们都听到了,所以看到两头狮子缓缓步入竞技场时,他异常开心。

这时,泰山也看到它们了,两头狮子身形都很庞大,他意识到跟曼瑟博的那次见面可能会让自己丢了性命。如果是一头狮子的话,他应该没有问题,但是谁能招架得住两只这样的猛兽啊?

他突然意识到，这不是什么竞赛，根本就是在执行死刑，但是狮子靠近时，他还是面无惧色。

一头狮子径直向他走来，另一头站了一会儿，环视着竞技场。当第二头向泰山走过来时，两头狮子之间已有相当一段距离，这让泰山想出来唯一能赢的计划。如果它们同时进攻，他恐怕一点希望都没有。

突然，第一头狮子冲了上去，猛地向泰山跳起。赫拉特身体前倾，张开嘴巴，瞪大眼睛看着。他最想看到干净利落的致命一击，他喜欢目睹血流成河、遍体鳞伤的场面，而曼瑟博强忍住尖叫。

泰山跳向一边，跳到狮子身后，一把抓住它，举过头顶，这时第二头狮子冲了过来，泰山继续打着转。

"真是神力啊！"希坦惊叹道。

"我真后悔让他斗两头狮子，"赫拉特惊呼道，"他配得上更好的命运。"

"那是什么？"曼瑟博冷笑道，"三头狮子吗？"

"我不是那个意思，"赫拉特不耐烦地说，"我的意思是，这样的人死了可惜。"

"伊西斯啊！"希坦惊呼，"你们看！"

泰山把第一头狮子砸到正冲向他的那头，两头狮子都倒在竞技场的石板上。

"简直难以置信！"曼瑟博惊呼，"如果他不死，那个女的就可以免死。"

"如果他不死，我发誓将给他自由，"赫拉特大喊道，"但恐怕他没有多大希望，一会儿后，两头狮子会一起向他进攻。"

激动之下，曼瑟博站起身来，倚在栏杆上说："看！两头狮子斗了起来！"

这正如泰山所预料的。其中一头以为另一头在攻击它,开始撕咬着对方。两头狮子纠缠在一起,用有力的爪子和巨大的獠牙相互撕扯着,发出可怖的声嘶力竭的吼声。

"这家伙不仅有惊人的力量,而且还非常狡猾。"赫拉特说。

"他简直无与伦比。"王后大喊道。

两头狮子的争斗还在继续,它们越来越靠近王室包厢,里面的人倚着护栏,只有向前倾得更远才能看到他们。泰山也在后退,站在包厢的下面。曼瑟博一激动,失去了平衡,从护栏上翻了下去。听到她惊恐的尖叫声,泰山抬头一看,还算及时,他正好把她接在怀里。泰山心想,如果其中一头解决了另一头,或是它们停止内斗而转向他和王后的话,那这个女人的生命就岌岌可危了。于是他朝一开始进入竞技场的入口走去,对赫拉特喊着,让他下令开门。

包厢里面一片混乱。赫拉特大喊着发出命令,士兵们冲向竞技场入口,但他们还是赶不及了。随着其对手尸体的最后一阵抽搐,那头胜利的狮子一声长啸,转身冲向泰山和王后。这时已经没有时间赶到入口了,泰山放下曼瑟博,让她站在一边,转身抽出刀子应对来势汹汹的猛兽。他长吼了一声,弓着身子,曼瑟博吓得浑身冰凉。

"那头狮子会把他们两个都杀了!"赫拉特喊着,"它是个魔鬼。"

"泰山也是。"希坦说。

曼瑟博站在那里,被狂野残暴的场面吓呆了。士兵们还没来得及赶到入口,那头狮子已经扑到泰山身上。泰山躲避着狮爪的一次次连击,他抓住狮子黑色的鬃毛,跃到它的背上,把刀子扎进它黄褐色的肋部。狮子发出可怖的吼声,急速乱窜,试图把这个人形"怪物"从背上甩下来。泰山和猛兽的吼声交相呼应,曼瑟博说不清哪一个更让她害怕。

最后,泰山的刀刺进了野兽的心脏,它腹部着地,还在垂死挣扎,经过最后一阵抽搐之后,狮子死了。泰山一只脚踩在猎物的身上,举头望向天空,发出公猿那怪异的胜利吼声。而着了魔似的王后曼瑟博无助地站在那里,她的贵族士兵们匆匆跑过去营救她。"他是个魔鬼,"赫拉特喊着,"要不就是个神。"

曼瑟博命令泰山和她一起去见赫拉特。她惊魂未定,只是有气无力地跟他说了一声"谢谢"。到了包厢后,她一下子瘫坐在椅子上。

"你救了我的王后,"国王说,"用双倍的代价赢得了你的自由。你可以留在托博斯,也可以离开,按你的意愿行事。"

"还有一个条件要满足。"泰山提醒国王。

"什么条件?"赫拉特问。

"我得去艾什尔带回布鲁勒和他的盒子。"泰山回答。

"你做的已经够多了,"赫拉特说,"那件事让你的朋友去做吧。"

"不,"泰山回答,"我必须得去,他们去了肯定一事无成。也许我也做不到,但我的把握更大,而且格雷戈里的女儿和我的朋友都在那里。"

"好吧,"赫拉特同意道,"我们可以提供你想要的任何支持,这不是一个人能完成的任务。"

"一百个人都不可能,"曼瑟博说,"我们应该知道,都试过那么多次了。"

"我就一个人去,"泰山说,"如果需要帮助,我会回来找你们的。"

Chapter 22
重返艾什尔

阿坦·托姆舒适地躺在阿特卡女王宫殿的一间公寓里,可谓心满意足,而拉尔塔什克却不安地来回踱着步。

"我不想做,"后者嘟囔道,"我们都将为此而送命。"

"这绝对安全,"阿坦·托姆安慰他说,"一切都安排好了,事成之后,我们就都安全了,瞬间就会成为艾什尔统治者的宠臣,而且离'钻石之父'又近了一大步。"

"我有一种预感,"拉尔塔什克说,"感觉我们可能会出事。"

"你要相信阿克门,"阿坦·托姆怂恿他说,"他会带你去女王的房间,下一步你就知道该怎么做了。"

"你为什么不去?"拉尔塔什克质问说,"是你那么急切地想要得到'钻石之父',又不是我。"

"我不去是因为匕首没有你要得熟练,"阿坦·托姆笑着回答,"怎么?没胆子啦?"

"我就是不想做。"拉尔塔什克断然地说。

"你必须按我说的做！"阿坦·托姆骂道。

面对着主人的眼睛，拉尔塔什克垂下了双眼。"就这一次，"他说，"你要保证以后再不会让我做这样的事。"

"我保证过了今晚，再也不要你做任何事，"阿坦·托姆同意道，"嘘……有人来了！"

他话音刚落，门打开了，阿克门进了房间。他脸色苍白，神情紧张，一脸疑惑地看着阿坦·托姆，后者点点头。

"都交代清楚了，"他说，"拉尔塔什克会去执行他的任务。"

"很好，"阿克门说，"我已经安排好了一切。女王已经睡了，她的门前没有守卫，五分钟就能解决。总管卫兵的贵族会是最大的嫌疑人，就在不久前，女王狠狠地处罚了他，而且大家都知道他很生气。跟我来，拉尔塔什克。"

阿克门在前面带路，穿过鸦雀无声的过道，来到女王的卧室，他悄无声息地打开房门。待手握匕首的刺客偷偷溜向他的目标时，阿克门紧贴着过道的墙壁，等待着对于艾什尔国王的致命一击。他等着拉尔塔什克走到女王床边并挥刀动手，几秒钟的时间对于此时的他好似几个小时一般漫长。

他就要成功了！握刀的手已经抬起！突然房间里一片混乱，士兵们从布帘后面跳出来，向刺客和他的同党发起攻击。而女王阿特卡从床上坐起身来，嘴唇上挂着充满敌意的胜利微笑。

"召我的贵族们进宫，"她命令道，"带着这两个人，还有那个阿坦·托姆，要把他们绳之以法。"

一个士兵来到阿坦·托姆的寓所，以女王的名义召他进宫时，欧亚人难以抑制自己的得意之情，尽管他装出来好像是因为女王深夜请他入宫而感到惊讶。

重返艾什尔 | 143

"阿克门，"女王说着，三人在宝座前站成一排，"你竟敢跟这两个陌生人合谋杀害我，妄想自己当国王。不料你的一个同伙妄图讨好我，在我面前举报了你的阴谋。在我看来，如果有机会的话，他比你还要歹毒，因此，他将跟你们同罪合处。我判你们三人终身被监禁在神秘的笼子里——承受比痛快一死重得多的惩罚。作为额外的惩罚，你们每天只能吃个半饱，而且定期在每个满月遭受刑罚。第一个满月，你们每人将被烧瞎一只眼睛。第二个满月，烧瞎另一只眼。在这之后，你们会首先失去你们的右手，然后左手，接着是你们的脚，一只接着一只。再往后，我一定还能想出其他方式来警醒你们，忤逆是一件多么危险的事情。"

说完，女王转向她的一个贵族说："把他们带走！"

阿坦·托姆、拉尔塔什克和阿克门被关在相邻的笼子里，他们现在成了布鲁勒神庙里仅有的囚犯。拉尔塔什克和阿克门瞪着阿坦·托姆，咒骂着他。但他似乎对一切都视而不见，除了宝座前祭台上的那个盒子。

"卑鄙下流！"阿克门愤愤地说，"你背叛了我们。如果不是你，我就是艾什尔的国王了。"

"'钻石之父'就在那里！"阿坦·托姆自言自语道。

"卑鄙小人！"拉尔塔什克怒喊着，"这么多年来，我忠诚地侍奉着你，你现在居然拿我当替死鬼！"

"那里就是'钻石之父'，"阿坦·托姆唠叨着，"为了它，我愿意背叛我的母亲，哪怕是我的神。"

一个普托姆带着一条鱼走了过来，那鱼还在三叉戟上扭动。

"你们的饭来了，死囚们！"他喊道。

"这还没煮啊！"阿坦·托姆喊道，"拿走！"

"好，我拿走，"普托姆说，"那你就等着挨饿吧，我们不给你们这些人煮鱼的。"

"把鱼给我!"拉尔塔什克尖叫着,"让他挨饿就是,但也不能把他饿死——必须要把他留给我的匕首。"

"我才是最有权力杀他的人,"阿克门嘟囔着,"是他让我做不成国王的。"

"你们俩都是傻瓜,"阿坦·托姆喊道,"除了'钻石之父',什么都不重要。你们要是帮我得到它,我就会让我们大家都很富有。你想想,拉尔塔什克,它在欧洲的首都城市里能买到多少东西!为了它,我愿意献出我的灵魂。"

"你根本就没有灵魂,你这个畜生!"拉尔塔什克尖叫着,"我只想把我的匕首扎进你的身体!"

泰山、希坦和一个士兵来到关押格雷戈里和拉瓦克的牢房。"赫拉特暂时撤销了你们的死罪,"士兵给他们解开锁链时,泰山跟他们解释着,"在我回到艾什尔之前,你们在这座城里可以享有自由。"

"你为什么要去艾什尔?"格雷戈里问。

"我想搞清楚您的女儿和达诺在不在那里,如果在的话,就再看看有没有办法可以救他们出来,还有布鲁勒和'钻石之父',要想为我们大家赢得自由,就必须把他们带给赫拉特。"

"其他条件都已经达到了吗?"拉瓦克问,"你杀了那两头狮子?"

"它们都死了。"泰山说。

"我跟你一起去艾什尔。"拉瓦克说。

"我也去。"格雷戈里说。

"还是我一个人去好一点。"泰山说。

"但我必须得去,"拉瓦克坚持道,"我必须做点什么来补偿对达诺的野蛮行为,请让我跟你一起去。"

"我也必须得去。"格雷戈里也坚持着。

"我只能带一个人去,"泰山回答,"赫拉特要求我们必须留下一个当人质。你去吧,拉瓦克。"

一大清早,泰山和拉瓦克就出发去艾什尔,希坦跟他们作别。"我已经把我知道的所有关于艾什尔和荷鲁斯湖底布鲁勒神庙的情况都告诉了你们,"托博斯人说,"愿神与你们同在!"

"我不需要神的保佑。"泰山一脸轻松。

"有泰山就够了。"拉瓦克说道。

自从离开他们上一个藏身之处,那九个逃犯整个晚上都在艰苦跋涉,他们已经疲惫不堪,脚都走痛了。暂时还没有看到他们被追捕的迹象,但赫可夫太了解艾什尔人了,他知道他们不会让他们就这样轻易逃走的。

"天已经亮了,"赫可夫说,"现在我们该另找一个藏身之地。"

"我们现在离托博斯只有几个小时的路程了,"那个托博斯人说,"在到托博斯之前,我可以告诉你们走出图恩巴卡的那条小道。"

"但我还是觉得我们白天躲起来会更安全,"赫可夫坚持着,"我不愿又被抓进笼子里关着。"

"如果躲起来我们就能逃走的话,多走一天又算什么?"布莱恩说。

"我觉得赫可夫是对的,"达诺说,"我们一点险都不能冒,不管它看起来是多么微不足道。"

"你们听!"海伦小声说,"我听到有声音,有人从我们后面来了。"

"除了来抓我们的艾什尔人,不会再有别人了,"赫可夫说,"快!我们离开这条路藏起来,不要发出声响,跟着我就好,我熟悉这个地方。"

146

他们静悄悄地在一条小道上走了四分之一英里,到了一片空地。"就是这个地方,"赫可夫停下说,"他们应该不会到这里来找我们,他们肯定以为我们会沿着山谷一直往前走。"

"已经听不到他们的声音了。"海伦说。

"现在的问题是,"达诺说,"他们会挡住我们的去路。"

"我不这样想,"赫可夫回答,"他们不敢走得太靠近托博斯,所以,如果找不到我们,他们就得调头往回走。今天白天他们还会回头经过这里,我们晚上就可以继续往前走了。"

"希望你是对的。"布莱恩说。

六个艾什尔士兵循着逃犯的踪迹,来到他们散开的地方。"这里有很明显的足迹,"头领说,"他们就是从这里离开主道的,而且就在刚刚不久前。我们很快就能找到他们——记住要活捉那个女的和那个怪人。"

六人半弓着身子,沿着他们猎物的足迹缓缓前进——那足迹就跟木板铺的道路一样显眼。他们都默不作声,尽可能地保持安静和隐蔽,因为他们觉得逃犯就在前面不远的地方,每个人心里都在想着如果他们失败了,阿特卡会怎么处置他们。

泰山和拉瓦克走在林间小道上,赶向艾什尔,泰山突然间停下脚步,用敏锐的鼻子闻了闻周围的空气。

"有人在前面,"他说,"你留在这里,我到树上去看看。"

"一定是艾什尔人。"拉瓦克说。泰山点点头,进入树丛中。

拉瓦克一直看着他,直到他消失在枝叶间,惊异于他的神力和迅捷。虽然他已经多次看见泰山上树,但每次都会让他震撼不已。泰山走后,拉瓦克莫名地感到孤单和无助。泰山在枝叶间不断穿行,那气味越来越浓重。在众多男性的体味中,他嗅到了一个白人女性的馨香。那香味似曾相识,但它太淡了,难以辨识——只

重返艾什尔

是好像有些熟悉。那香味促使泰山走得更快。当他静静地穿梭在森林的下层时,那六个艾什尔士兵冲进了逃犯们藏身的那片空地,把他们围了起来,发出胜利的呐喊。九个逃犯里面,有人拔腿就跑,却给自己招来了一阵"长矛雨"。达诺、海伦、布莱恩和赫可夫站在那里,一动也不动,他们知道现在无路可逃了。一根长矛刺穿了一个逃跑的人,他尖叫一声倒地,其他人停在那里,已经放弃了希望。

泰山听到艾什尔人冲进空地时发出的呐喊声,还有那个被长矛刺中的逃犯的尖叫声。现在这声音离得很近了,下一刻他就能赶到现场。

艾什尔人拾起他们的长矛,把逃犯们赶到一起,开始用长矛杆痛打他们。他们漫无目标,胡乱地抽打着,以此发泄对他们所有人的痛恨。但当其中一个威胁到海伦时,达诺一把把他推倒在地,另一个士兵立即举起长矛,眼看就要刺穿达诺的后背。泰山到达空地边缘的时候正好看到这一幕。

海伦惊恐万分,尖叫着提醒达诺,这时一支箭刺穿了士兵的心脏。士兵尖叫一声,倒在地上,死了。其他艾什尔人朝四周张望着,却看不到射出那支箭的人。他们知道一定不会是那些没有武器的囚犯,这让他们战战兢兢,困惑不解。只有达诺约摸能猜出弓箭手是谁。

"这真是难以置信,"他小声对海伦说,"但这个世界上除了泰山,还有谁能射出那支箭呢?"

"要真是泰山就好了!"海伦感慨道。

没有谁比泰山更会骚扰和迷惑敌人。他已经看到,自己发出的死亡神秘信号让下面空地上的人惊恐不已。泰山再次拉开弓,找寻下一个目标,他的嘴角露出一丝坚定而严肃的浅笑,接着他

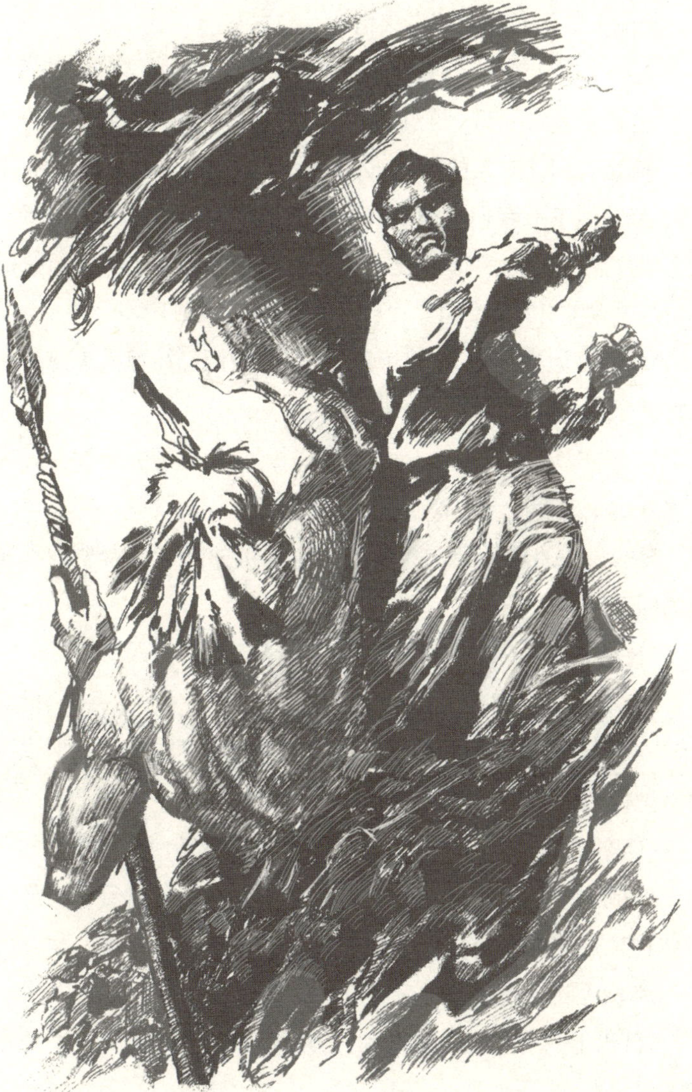

射出了那支箭。

这个神秘杀手又是弦无虚发，另一个艾什尔人尖叫着应声而倒，其他人东张西望，惊慌失措。

"是谁？"一个士兵喊着，"我一个人都看不见。"

"他在哪儿？"另一个士兵问，"为什么他不现身？"

"他是我们外来人的神，"达诺说，"他会把你们全部杀掉。"

"就算他不杀我们，如果我们不能把你们带回去的话，阿特卡也会照样杀了我们。"一个士兵说。这时剩下的四个士兵准备把囚犯们赶到回艾什尔的路上。

"我们不如逃跑吧，"布莱恩提议，"他们已经惊慌失措，乱了阵脚。"

"不，"达诺建议道，"他们有长矛，我们可能会有死伤，现在不能冒这个险。"

突然，惊恐的艾什尔人听到一个低沉的声音说着他们都能听懂的斯瓦西里语。

"我是人猿泰山，"那声音在回荡，"快滚，留下我的朋友！"

"死在这里跟死在艾什尔没有什么两样，"一个士兵喊着回答，"因为我们如果空手而归的话，女王一样也会杀了我们。所以我们要么把他们带回去，要么在这里把他们杀了。"

"现在就杀了他们！"另一个喊着，立刻转向离他最近的布莱恩。但他刚一举起长矛，一支利箭穿心而过。紧接着，另外三支箭如连珠炮似的一个接一个地射死了其余的艾什尔人，幸存的逃犯们惊异地目睹着这一切。

"世界上只有一个人能做到，"达诺说，"很幸运，他是我们的朋友。"

泰山跳进他们当中时，众人都围着他表达感谢，但他做了个手势,让大家安静下来。

"你们有什么计划?"他问。

"我们同行的有一个托博斯人,他会给我们指一条走出图恩巴卡的秘密通道,"达诺解释着,"这之前除了我们之外,不知道还有谁活着。"

"你看到我爸爸了吗?"海伦插了一句,"他还活着吗?"

"是的,"泰山回答,"他和玛格拉暂时还在托博斯,很安全。拉瓦克还在后面的小道上等着我。我们正准备去艾什尔找你们。"

"现在我们可以一起回托博斯了。"布莱恩说。

"没那么简单,"泰山回答,"我还得去艾什尔,把布鲁勒和钻石带回去交给赫拉特,然后他就会放了你父亲和玛格拉。"

"这是男人的事情,"达诺苦笑着说,"我跟你一起去。"

"我也去。"海伦说。

泰山耸耸肩说:"你们在托博斯更安全些,而且我都怀疑,即便你们能活着离开图恩巴卡,也不一定能回到邦加。"

"我认为我们大家应该在一起,"布莱恩说,"我要跟你去。"

"我在艾什尔供过职,"赫可夫说,"我跟你一起去。也许我们所有人当中,我最能够帮你得到你想要的。"

"太好了,"泰山同意道,"我这就回去叫上拉瓦克。"

半小时后,一小队人开始赶回艾什尔——图恩巴卡的禁城。

重返艾什尔 | 151

Chapter 23

出逃的玛格拉和格雷戈里

赫拉特的宫殿里,玛格拉坐在房间里,回想着把她带进这个半文明、半野蛮之地的一系列奇怪历险,心里惦记着那个神一般的男人。这时门打开了,国王赫拉特走了进来。

玛格拉起身面对着他。"你不应该来,"她说,"这对你没有任何好处,只会危及我的生命。既然上次的事王后能知道,这次也不会例外,她会杀了我的。"

"不要怕,"赫拉特说,"因为我才是国王。"

"你只是那么想吧。"玛格拉轻蔑地说。

"我是赫拉特,是一国之君!"国王大喊道,"没有人敢那样跟我说话,臭丫头。"

"哦?是吗?是这样吗?"他后面一个声音气冲冲地说。赫拉特转身发现王后就站在门口。"终于被我逮住了!"她大喊着。

"没有人敢那样跟你说话,嗯?"她用充满怒火的眼睛看着玛格拉,"至于你这个荡妇,明天就得死!"

"但是,亲爱的……"赫拉特规劝着。

"别跟我'但是'不'但是'的!"曼瑟博呵斥道,"走开!"

"我想是你自己把自己当国王了吧。"玛格拉讥讽地说。

两人都走了,就剩下女孩自己。她生平第一次感到这样的孤独无助、心灰意冷,她瘫在长椅上。要是换了别的姑娘,肯定会痛哭流涕,但玛格拉从来没有因为自己的事情哭过,她不会顾影自怜。她曾说过那就像在单人纸牌游戏中作弊,因为没有其他人知道,也没有人在意,没有人会受到伤害,除了她自己。她多么希望泰山此刻能在这里!他在的话,就可以用实际行动去帮助她——而不会只有百无一用的同情,他会找到营救她的办法。她在想,他会不会为她而伤心难过。然后她笑了笑,她知道野兽的哲学里没有伤心的空间,他们对死亡早已司空见惯,视生命如草芥。但她必须得做点什么,于是她敲响了锣,召唤一个女奴进来。

"你知道格雷戈里和拉瓦克那两个囚犯被关在哪里吗?"她问。

"是的,小姐。"

"带我去找他们!"

来到格雷戈里的寓所时,她看到希坦也在那里。一开始,当着这个托博斯人说话,她还有点放不开,但后来一想,他早就把他们当朋友了,随后就把刚才发生的事情一股脑儿说了出来。

"我今晚必须要逃走,"她说,"你能帮帮我吗?"

"曼瑟博还是一个识大体的人,"希坦说,"她会明白这件事不是你的错,当然她本来就知道不是你的错,因此她应该会改变主意,不会杀你,但完全指望这个还是太危险了。我知道你是清白的,而且你又是泰山的朋友,我会帮你逃出去。"

"你能帮我和她一起逃走吗?"格雷戈里问。

"好的,"希坦说,"是我把你们卷进来的,我也应该让你们全身而退。我帮你们是因为你们是泰山的朋友,而泰山救了我的命。逃出去了的话,就永远别再回托博斯。因为如果你们现在逃走,曼瑟博会永远怀恨在心。顺着南湖西边的路一直走,你们就能走到艾什尔,或者也有可能走向死亡——这就是图恩巴卡的法则。"

半小时后,希坦把玛格拉和格雷戈里带到城墙的一扇小门前,给他们送上好运的祝福,两人在夜晚的黑暗中,朝着禁城走去。

"嗨,"达诺说,"我们又回到了原点。"六人来到艾什尔上方乱石嶙峋的山腰上布鲁勒神庙秘密通道的那个入口。

"足足两年的时间里,我一直在想办法走出那个地洞,"布莱恩说,"而现在又在费尽气力往回走。那个赫拉特的确给了你一个艰巨的任务啊,泰山。"

"这只不过是那个老狐狸宣判我们死刑的一种伎俩而已——托博斯人的幽默,"拉瓦克说,"至少一开始是这样的,但泰山结果了那个艾什尔人和两头狮子后,我想赫拉特的确相信他可以把布鲁勒和'钻石之父'带回去。"

"他为什么这么急切地要找到他们?"海伦问。

"'钻石之父'本就属于托博斯,"赫可夫解释说,"真神乔恩的神庙就在托博斯。几年前,乔恩坐船携带'钻石之父'参加一项庄严的宗教仪式,阿特卡的士兵向乔恩的船发动袭击,击沉了他们的船只,还偷走了'钻石之父',布鲁勒是个假神,赫拉特一直想杀了他。"

"你觉得我们有可能找回'钻石之父',然后再抓住布鲁勒吗?"达诺问。

"是的,"赫可夫回答,"我是这么认为的。我们有了海伦从齐瑟博那里拿的钥匙,而且我知道布鲁勒休息的地方和每天分割出来用于静修的时间段,实际上,布鲁勒嗜酒如命,那些时间段是他用来睡觉醒酒用的。静修期间大殿里不会有人,神庙里所有的人都必须待在各自的住处。这样,我们就可以直接进入大殿,拿到盒子。然后再去布鲁勒的房间,如果我们以死相逼,他会束手跟我们走的。"

"这一切听起来都那么简单,"布莱恩说,"太简单了。"

"我会一直双手合十,祈求好运。"海伦说。

"我们什么时候开始行动?"达诺问。

赫可夫抬头看了看太阳说:"现在,就是一个好时机。"

"怎么样?那我们就动手吧,泰山?"布莱恩问。

"我跟赫可夫进去,"泰山说,"你们其他人躲在附近等我们。如果一个小时之内我们还不出来,就说明我们失手了。这样的话,你们要力求自保,去找到城边的小道,就在托博斯附近的一个什么地方,然后离开图恩巴卡。不要为我和赫可夫做任何事情,也不要去救玛格拉和格雷戈里,都没有意义。"

"泰山,我不能跟你一起进去,是吗?"达诺问。

"对。我们人多了反而会导致混乱,甚至会被发现。而且,退一步来说,你的职责在海伦那里。走,赫可夫,我们走。"

两人进入秘密通道时,一个放哨祭司转身跑向最近的城门,他一直匍匐在一块大石头后面监视着他们的一举一动。而几英里以外,还有一些人在为这次徒劳的冒险和牺牲,执着地跋涉在去往艾什尔的路上,似乎是在试图规避那危险。

格雷戈里对艾什尔那边发生的事情全然不知,也不知道自己的儿子和女儿都还活着,而且还是自由的。他垂头丧气地跟着玛格拉,心里唯一的激励就是对泰山和拉瓦克的信赖,他知道他们正冒着生命危险在营救他和玛格拉的生命。而激励着玛格拉的,同样有对两人的信赖，同时还有爱——这份爱让她改变了很多，也让她崇高了很多。

"这一切看来全然无望，"格雷戈里说，"我们现在只剩下四个人，去对抗两座城的敌人，简直是以卵击石，双方总有一方能抓住我们。"

"您说的没错，"玛格拉也同意，"甚至就连大自然也在跟我们作对。看那高耸的火山岩悬崖，它好像一直在朝我们皱着眉头，威胁着我们，向我们挑衅。然而如果泰山在的话，一切看起来会是多么不一样啊。"

"是的，我明白，"格雷戈里说，"他总是能给我们信心。如果他在的话，就算是图恩巴卡的城墙，都显得不是那么不可逾越。我想是他把我们惯坏了，现在大家太依赖他了，都已经到了没有他就觉得很无助的程度。"

"而他正在为了我们走向几乎是注定的死亡，"玛格拉说，"希坦说就算他能进城——我们了解泰山，当然知道他肯定可以——但是要活着离开艾什尔是不可能的。唉，我们要是能在他进城之前找到他就好了！"

"看！"格雷戈里喊着，"有几个人来了！"

"他们已经看到我们了，"玛格拉说，"我们逃不了了。"

"他们看起来都年老体衰了。"格雷戈里说。

"但他们都拿着长矛。"

从布鲁勒神庙里跑出来的三个幸存的逃犯没有跟泰山一行人回艾什尔，而是选择了继续前行，去寻找自由。这时，他们停在了路上。

"你们是谁？"他们问。

"我们是过路人，在找走出图恩巴卡的路。"格雷戈里回答。

三人窃窃私语了一阵，然后其中一个说："我们也在找图恩巴卡的出路，也许我们可以同行，毕竟人多力量大。"

"但我们要先找到我们的朋友，才能赶路，"玛格拉回答，"他们正在赶往艾什尔。"

"或许我们见过你们的朋友，是不是有一个名叫泰山？"

"是的，你们见过他？"格雷戈里追问道。

"昨天我们见过他，他和他的几个朋友又回艾什尔了。"

"几个朋友？跟他一起的只有一个啊。"玛格拉说。

"跟他同行的有五个，四男一女跟他一起去的艾什尔。"

"那些人会是谁？你觉得呢？"格雷戈里问玛格拉。

"您知道他们是谁吗？"她向刚才说话的那个逃犯问道。

"是的。一个叫赫可夫，一个叫拉瓦克，还有达诺以及一个名叫海伦的姑娘，布莱恩·格雷戈里也跟他们在一起。"

格雷戈里瞬间面若死灰，玛格拉扶着他的胳膊，因为她感觉他会晕倒。

"太让我吃惊了，"他说，"我真不敢相信他们还活着。就像死人又从坟墓里爬出来一样——我以为他们必死无疑了。你想啊，玛格拉！我的儿子和女儿都还活着，而且正在去那个鬼地方的路上。我们得赶快，兴许能赶上他们。"

"快告诉我们，"他对那个逃犯说，"如果他们还没被艾什尔人抓住的话，我们在哪儿能找到他们？"

那人把通往神庙秘密通道的隐秘入口清清楚楚地告诉了他们。"如果他们还没进城的话，你们有可能在那里找到他们，但是你们千万别进去。如果你们还珍惜自己的生命的话，那就不要进入通道。他们如果进去了，那就回不来了。你们就干脆放弃他们吧，因为你们永远也见不到他们了。"

三人继续往前赶路。玛格拉说:"他们的话不太乐观啊,不过也许他们把危险夸大了——希望如此吧。"

格雷戈里摇摇头说:"我想不会,我不相信潜藏在禁城艾什尔的危险能被夸大。"

"这个图恩巴卡真是个奇怪的地方,"玛格拉说,"难怪它是块禁地。"

Chapter 24

不幸被捕

泰山和赫可夫沿着一团漆黑的通道,走在蜿蜒曲折的楼梯上,来到那块封住了湖底过道秘密入口的熔岩板前,那是去往神庙的必经之路。

"我们到了,"赫可夫说,"如果神站在我们这一边的话,我们很快就能进到布鲁勒的房间,它就在宝座的后面。到时我来对付他,你去取盒子。这么多年来,我一直在等这样一个机会,为真神乔恩报仇,也为布鲁勒让我蒙受的屈辱和折磨跟他算账。我现在终于明白了这么多年来我是怎么挺过来的了,就是为了这一刻。如果我们失败了,那就意味着死亡,但就算这次失败了,我也乐意赴死。"

熔岩板的那头,一帮艾什尔战士已经短矛在手,严阵以待,因为那个放哨的祭司出色完成了他的任务。

"他们就要来了,"士兵头领说,"做好准备!但要记住,女王命令我们活捉他们,要把他们活活折磨致死。"

"如果这回布鲁勒再把赫可夫抓回笼子里的话,赫可夫一定痛不欲生了。"一个士兵说。

"还有那个野人,"另一个士兵说,"那天晚上在隧道里,就是他杀了我们很多人。如果阿特卡抓住他的话,那个野人一定也痛不欲生。"

那块熔岩板很厚,中间的缝隙也是被填得天衣无缝,所以,泰山和赫可夫完全听不见士兵们窃窃私语的声音。两人对正在步入的陷阱全然不知,赫可夫正摸索着门的旋钮,他们稍作停顿。

正当他们停在灾难的边缘时,另一队士兵已经神不知鬼不觉地盯上了那四个毫无戒备的人,他们正在秘密通道入口处等着,对即将到来的危险一无所知,而它就处于山腰间的乱石丛中。

"亲爱的,"达诺说,"终于,我可以看到一丝希望了。赫可夫知道神庙里的惯例,神庙里的人走出房间时,他和泰山可能就带着布鲁勒和那个可恶的'钻石之父'回来了。"

"我甚至已经开始厌恶'钻石之父'那个名称本身了,"女孩说,"它肯定是被诅咒了,所有跟它有关的人和事都会被诅咒。这一点我深信不疑,所以我不敢相信有了它就能救出爸爸和玛格拉。不会那么顺利的,一定还会有什么事情从中作梗。"

"你的悲观和怀疑我能理解,但这次我确信是你弄错了。"

"我当然希望是那样,我也从来没有像现在这样,希望自己会搞错。"

拉瓦克和布莱恩坐在离海伦和达诺只有几步远的地方,拉瓦克背朝着他们,尽管他已经对女孩完全放弃了希望,但是看到他们哪怕稍微亲密一点的动作,他还是会很受伤。他面对着山腰上一个乱石嶙峋的山坡,那上面矗立着图恩巴卡高耸的城墙。所以当艾什尔士兵除去伪装，向下朝他们的猎物走来时，他是第一个看到的。他一跃而起，大喊着提醒大家，其他人立即转过身来。他们心中的希望如火柴棒堆起的房子一般，瞬间轰然倒塌。艾什尔人发出胜利的呐喊，他们冲下山丘，挥舞着短矛。虽然敌众我寡，失败在所难免，要不是因为担心女孩的安危，他们会奋起抵抗，但是如果那样的话，艾什尔人一定会向他们投掷短矛，因此，当士兵们包围过来时，他们一动不动地站在那里。随后，他们就要被押到山下最近的一个城门口。

"你还是猜对了。"达诺说。

"是的，"她垂头丧气地回答，"钻石的诅咒还在我们身上。啊，保罗，我宁愿死，也不愿意再回到那个鬼地方！这次我们没有任何希望了，我现在最怕的是他们不把我一刀杀了。"

四个犯人被押往城里时，赫可夫把熔岩板拉向自己的方向，两人走进了早已为他们设好的陷阱。这次他们毫无机会，甚至连泰山也是，因为艾什尔人计划周密。他们一跨进通道口，两个匍匐在地的士兵就抓住了他们的脚踝，绊倒了他们。而他们一倒下，十几个士兵就扑到他们身上，把套索套向他们的脚踝和手腕。

"你们早就知道我们要来？"他们沿着过道被带向神庙时，赫可夫问一个士兵。

"当然，"士兵回答，"城头的哨兵一直在盯着，因为阿特卡料定你们会回到艾什尔偷船。那是外来人逃出图恩巴卡的唯一办法。你还不如一直待在你的笼子里，赫可夫，因为现在布鲁勒一定会折磨你，而你也知道那将意味着什么。"

泰山和赫可夫被带进去时，除了笼子里的三个犯人，神庙大殿里空荡荡的，鸦雀无声，因为这时还在静修期间，这期间神庙里所有人都必须留在自己的住处。所以当一个士兵请求布鲁勒召唤钥匙主管打开笼子、把犯人关进去时，中间耽误了一些时间。

这时，赫可夫蹭了蹭泰山的胳膊说："看！其他人也被抓住了。"

泰山转身看到海伦、达诺、布莱恩和拉瓦克也被押了进来，泰山用自己少有的微笑跟他们打了个招呼。即便面临死亡，他还是会发现其中的幽默：他们本来是信誓旦旦要来征服艾什尔的，不想剑还没出鞘，自己先被征服了，真是颜面扫地。

"我们又见面了，我的朋友，"达诺留意到了泰山的微笑，报之以微笑，"却不是在预想的地方。"

"而且还是最后一次，"拉瓦克说，"大家以后永远都不会再见面了，至少今生是不会了。对我来说，我很乐意，因为我了无牵挂。"他没有看海伦，但大家都知道他的意思。

"你们都是因我而死的，"布莱恩说，"因为我愚蠢的贪婪，我死了也不能赎回我的罪恶。"

"别说这个了，情况已经很糟糕了，根本不用总是提起这事儿。"海伦说。

"如果是被慢慢折磨致死，它根本就不需要提醒，"赫可夫接话道，"它会完全占据你的头脑，你根本不会想到其他事情。有时候，谈论它可能反而是一种安慰。"

阿坦·托姆待在笼子里，透过两根柱子的缝隙看着外面的六个犯人。"我们终于重逢了！"他咯咯地笑着，"我们这些寻找'钻石之父'的同道中人。它就在那儿，在那个盒子里面。但你们不许碰它——它是我的。它只属于我一个人。"说着他就疯疯癫癫地大笑起来。

"别吵！你个疯狗。"拉尔塔什克大吼着说。

直到这个时候钥匙主管才来打开笼子。"把他们所有人关进笼子里，"一个官员呵斥着，"除了这个家伙，女王要见他。"他冲着泰山点点头。

阿特卡坐在熔岩宝座上,被头插白色羽毛的贵族们围住,丛林之王被带到她面前,手还被绑在身后。她坐在那里眼睛半睁半闭,用鉴赏的眼光打量了泰山许久。泰山不卑不亢地回应着她的"审查",如同一头被捕的狮子看着笼子外面的游客一般。

"你就是那个杀了我很多士兵,还抢了我一艘船的家伙。"她开口说道。

泰山静静地站在她面前。最后她用脚尖扣了一下高台的地面问:"你为什么不回答我?"

"你又没有问我什么,"他说,"你不过是跟我说了些我早就知道的事情而已。"

"阿特卡对谁开了金口,他应该感到荣幸才是,必须有所回应。"

泰山耸耸肩说:"我不喜欢无谓的交谈,但如果你愿意听,我承认我杀了你的一些士兵。那天晚上,如果船上还有更多士兵的话,我会杀得更多。昨天,我又在森林里杀了六个。"

"怪不得他们没回来呢!"阿特卡感叹道。

"我想那就是其中原因。"泰山承认道。

"你为什么要来艾什尔?"女王盘问道。

"我的朋友被你们抓了,我来救他们的。"

"你为什么要与我为敌?"阿特卡问。

"我不是要与你为敌,我只是想让我的朋友重获自由。"泰山明确地告诉女王。

"还有'钻石之父'吧?"阿特卡补充说。

"我对那东西毫无兴趣。"泰山回答。

"但你是阿坦·托姆的同党,他来这里就是为了偷'钻石之父'的。"

"他是我的敌人。"泰山说。

女王又静静地看了泰山一阵子，显然是在想着什么新点子。终于，她再次开口了。

"我想你也不是撒谎的人。我相信你的话，也愿意跟你交个朋友。他们跟我说了你和你的猿群在隧道下面的营地上一起战斗的情景，还有船上的那一战，因为士兵们没有全部被淹死，有两个安全游出了隧道。像你这样的人如果效忠于我的话，对我大有用处。如果你宣誓效忠于我，你马上就自由了。"

"那我的朋友们呢？"泰山问，"他们也能自由吗？"

"当然不能。他们对我来说毫无价值，我为什么要放了他们？那个叫布莱恩·格雷戈里的家伙来这里完全就是为了偷'钻石之父'，我看其他人是来给他当帮手的。我不可能放了他们的，我会择日处死他们。"

"我已经跟你说过，我来这里就是为了解救他们，"泰山说，"所以我留下来的唯一条件就是你给他们自由。"

"奴隶是没有资格跟阿特卡谈条件的。"女王怒斥道，态度蛮横霸道。

她转向一个贵族说："把他带走！"

于是他们把泰山带回神庙大殿，直到把他关进笼子里时，才给他的手松了绑。很显然，艾什尔的勇士们对泰山怀有深深的敬意。

"怎么样？"达诺问。

"我现在在笼子里，"泰山回答，"答案还不够明显吗？女王想把我们都处死。"

"我想她的意愿很快就会实现，"达诺感伤地说，"她只需要拍拍脑袋就可以了。"

大家都垂头丧气，心灰意冷，等待着这次灾难性冒险之后会发生什么。只有两个人看起来还没有完全失去希望——一个是泰山，他的表情一般很少会表露内心的想法，另一个就是阿坦·托姆，他不时地发出咯咯的笑声，嘴里不停念叨着"钻石之父"。

静修时间一结束，大殿里就开始忙活起来，祭司和侍女们回到殿里，布鲁勒最后进来，坐到宝座上，所有人给他下跪磕头。一个简短的宗教仪式过后，几个侍女开始在布鲁勒面前跳舞，那舞蹈淫荡不堪，极具挑逗性，很快几个祭司也融入其中。这时，一个头插羽毛的士兵从过道里进来，宣布女王驾到。歌舞瞬间停了下来，刚才那些跳舞的人道貌岸然地围着布鲁勒的宝座，回归各自的位置。过道入口处号角声响起，很快，仪仗队的队首进入大殿，昂首阔步地通过大殿，走向布鲁勒坐的高台。女王被士兵们前呼后拥着，威严地登上高台，坐在布鲁勒旁边的宝座上。

一番冗长乏味的仪式之后，女王宣布对新一批囚犯的判决。让布鲁勒窝火的是，女王有时会"篡夺"这项特权，因为他只是女王默许的一个神而已。

阿特卡命令说："除了那个女的，把他们全部送去献祭，一个接着一个，慢慢地折磨，这样他们的灵魂会回到野蛮人的世界去警醒其他人，永远不要妄图进入禁城艾什尔。"

她高声宣布着判决，整个房间里的人都能听到。她的话给达诺留下了一丝希望，因为海伦没有被判以任何刑罚，但他的希望被女王下面的话给破灭了。

"把这个女的送到那个小房间，让她慢慢地死去，献给圣湖荷鲁斯，这是对她杀死祭司齐瑟博的惩罚，立刻把她带走。其他人的死刑将由布鲁勒定夺执行。"

这时一个祭司急匆匆地陪同三个普托姆回去，其中一个多带了一套防水衣和头盔。钥匙主管把他们带到海伦的笼子前，他打开笼子，三人随即进去脱下海伦的外衣，给她穿上防水衣。在他们给她戴上头盔之前，她转向达诺。达诺站在笼子里，一张苍白的脸紧贴着分隔他们的铁柱。

"再说一次，别了！"她说，"这次是遥遥无期了。"

达诺百感交集，泣不成声。普托姆给海伦戴上头盔时，泪水已经模糊了达诺的视线。他们就这样带走了她。他一直注视着，直到她走过神庙对面的一个出口，消失在视线里。他瘫倒在地，把头埋在双臂之间。布莱恩大声地诅咒着，诅咒着阿特卡、布鲁勒和"钻石之父"，但归根到底还是在诅咒着他自己。

女王和她的随从离开了神庙，而这时布鲁勒和他的祭司以及侍女们都走了，只剩下一群愁眉苦脸的死囚们。阿坦·托姆还在叽里咕噜地念着"钻石之父"，而拉尔塔什克和阿克门对他又是威胁，又是漫骂。拉瓦克坐在那里，盯着海伦离开的那个出口，从那里，她永远地离开了他。但他知道自己现在对于她的离开，不会再像以前那般失魂落魄了。布莱恩从笼子的一头走到另一头，喃喃自语。泰山和赫可夫小声地交谈着。达诺绝望透顶，如大病一场。他听着泰山问了赫可夫许多问题，但一个也没听进去。海伦已经永远地离开了，其他任何事情还有什么意义？泰山为什么还要问那么多的问题？这不是他的风格啊，但是不管怎样，很快他也将面临死亡。

非洲的蓝天下，安果和它的同伴们站在图恩巴卡火山口的边上，看着下面的山谷。它们看惯了荒凉的山坡，望见下面一片绿色的草地和森林时，心里不禁一阵欣喜。

"我们下去吧。"安果咕啾着说。"说不定泰山在那儿。"另一个说。"那里有食物，"安果说，"泰山不在那里的话，我们还是回原来的狩猎场吧。对我们巨猿来说，这可真是一个鬼地方。"

Chapter 25

圣湖荷鲁斯

虽然海伦天生喜欢探险，有着非同寻常的毅力，但她归根到底还是个女性。她是那种能够激起男性最强保护欲的女孩，而且，或许就是因为这样，她潜意识当中渴望被保护，尽管连她自己都不知道。如果确切知晓男性的支援能召之即来的话，她可能什么都不怕了。然而，当意识到自己独自一人陷入敌阵，与所有天然的保护完全隔绝的时候，她就像一个受了惊吓的小姑娘，处于惊慌的边缘。但在如此重压之下，她依然没有崩溃，这足以证明她性格的坚毅。

三个普托姆带着她离开大殿，走向一个很短的过道，她一路迈着坚定的步伐。他们穿过一个房间，很多普托姆聚集在那里，有的躺在他们狭窄的小床上，有的在戏弄着他们的猎物。他们的防水衣和头盔挂在墙上的挂钩上，三叉戟立在架子上。他们顺着另一条过道走到一扇大门前，那门被一个巨大的门闩闩住，两边都是阀门的操纵盘和控制杆。一个普托姆正在这里转动操纵盘，拉着控制杆。他看着门边的量表时，其他人都在等着。

海伦心想，这恐怕就是通往刑房的那扇门了。她揣测着将会发生些什么，以及死神多久会到来，才能让她彻底地解脱。死亡是人类绝望时最后的庇护所，也是最后的朋友，也是人生的终极目标。她想到她的父亲，想到布莱恩，还想到达诺，他们很快也会随她而去。她多么希望能跟达诺一起走，那样的话，他们都会从容得多。

那扇门终于打开了，普托姆把她推进一间圆柱形的房间，跟她一起走了进去，然后关上门，插好门闩。这里还有其他操纵盘、控制杆和量表。房间的另一头有一扇一模一样的门，两边也摆着类似的装置。她没看到刑具之类的物件，心想他们到时候会怎么把她处死，他们为什么要把她带到这里，还有，为什么他们所有人都戴着个奇怪的头盔。她看到一个普托姆转动着操纵盘，当水流进房间时，她屏住了呼吸。他们不会在这里把她淹死的，因为如果她被淹死了，他们也跑不了。房间里的水涨得很快。等水满时，一个普托姆控制着第二扇门旁边的操纵盘和控制杆。门被扭开时，他们把她带进湖底的漫射光中。

阳光透过清澈的荷鲁斯湖水渗透了进来，要不是在这个地方，她一定会为眼前的美景所着迷倾倒。她被带着走在雅致的海洋植物花园的砾石小径上，那些普托姆精心呵护的海洋植物，是供奉给阿特卡和布鲁勒的佳肴。奇异美丽的鱼儿在他们周围游动，巨型的海龟见他们一靠近，便笨拙地划水跑开，五颜六色的螃蟹急匆匆地游向小径的两侧。随处可见高耸的海洋树木，它们的叶子随着水波轻轻地起伏着，亮晶晶的鱼儿在树叶间嬉戏，就像陆地上树木枝叶间快乐的鸟儿。一切都充满活力，一切都那么美——

一切又是那么安静。对于这个女孩来说，这里的那份安静比美丽和活力来得更加真切——它预示着坟墓的死寂。

她发现，由于受到沉重的金属鞋底的束缚，行走非常吃力，因此也非常缓慢。但在这里，她走起来就像走在太空里，像羽毛一般的轻盈，像影子一样，移动毫不费力。如果不是有一个普托姆扶着她手臂的话，她都觉得自己可以跳得比树还要高。但此刻的她，完全被恐惧所笼罩，这些不过是打破极度阴郁的灵光一现罢了。

这时，她看到前面有一座圆形建筑，上面有一个圆顶，她知道那些普托姆正是要把她带到那里。进去之后她发现这里似乎既没有门，也没有窗。两个普托姆各站一边，抓住她的胳膊，带着她一起轻轻往上一跳，第三个则跟在他们后面。游了几下以后，他们就来到房顶，女孩看到一扇圆形的房门。通过房门两边的装置，她现在知道了，这是她从神庙到湖底经过的一个类似气室的入口。

他们进去时，下面的房间放满了水，水好几分钟以后才被抽干。接着那几个普托姆摘下她的头盔，脱去她的防水衣，打开地板上的一扇活门，指向一个梯子，示意她下去。跟上面的房间一样，他们对面的墙上有一扇窗户，之前她以为这里是没有窗户的。透过这扇窗户，湖底的漫射光照亮了她被关押的圆形房间。这里空空荡荡的——墙壁、窗户和梯子构成了她的整个世界。普托姆把上面的活门给关上了，现在她能听到水流涌入房间，然后顺着房间的一面墙往下流，原来的涓涓细流现在变成了一条溪流。水流覆盖牢房的地面后，她这才明白，自己将面对的是怎样的折磨和死法。房间会慢慢涨水，她可以通过逐级爬上梯子来延长自己的生命，抑或说痛苦，但结局都是一样的不可避免。

她意识到这些人多么费尽心思，精心设计了这样的精神炼狱，

圣湖荷鲁斯 | 169

让一个人孤独地死去，像陷阱中的老鼠一样被淹死。她在想，等水有了一定深度的时候，她会不会有勇气快速地结束这一切，或者还是爬到梯子的最高一级，延长自己的痛苦。

死囚室里的水位在缓缓升高，而这时赫可夫隔着笼子小声对泰山说："很快就到时间了。你觉得你能成功吗？"

"我能完成我的任务，"泰山确定地对他说，"时间到了，就告诉我。"

天色已晚，暮色降临荷鲁斯湖面，还有一丝微弱的光线透过湖水照进死囚室，海伦还在里面等待着一切的终结。那是天上的星光，但这星光并不能给在劫难逃的女孩任何希望。水已经涨到她的膝盖了，她站在那里，一只手搭在梯子上，还在想着该怎么做。她疲惫地转过身子，双臂放在梯子的一级上，把头埋在两臂之间。她想到达诺，想到如果他们在不同情境下相逢的话，可能会拥有的幸福。虽然现在已经毫无希望，一想到那些，她就会尽可能长地坚守生命，因为至少在展望被剥夺的幸福时，还会感觉到一种忧伤的快乐。她想到布莱恩，她对哥哥没有任何怨恨，但她诅咒人性的贪婪，是它诱惑布莱恩来到这个鬼地方，并且葬送了这么多条人命——那些关爱他的人的生命。

赫可夫再次小声对泰山说："是时候了，他们都该睡熟了，但是这些柱子太硬了。"

"没有我泰山的骨头硬，我已经试过了——你瞧！"

泰山一边说着，抓住两根柱子，他对冷冰冰的金属用力时，肩膀上的肌肉高高隆起。赫可夫屏住呼吸，目瞪口呆地看着。他看到两根柱子渐渐被拉开，片刻之后，泰山从中间挤了出来，然后又把它们推回原位，泰山又用同样的方法救出了赫可夫。

"你强壮得简直像一只雄象。"赫可夫气喘吁吁地说。

"快!"泰山说,"我们没时间了,赶紧带路。"

"是的,"赫可夫回答,"我们的确没时间了。就算我们一路顺利,毫不耽搁,也不一定能及时赶到。"

赫可夫和泰山静悄悄地、小心翼翼地穿过神庙,走向一扇紧闭的门。其他囚犯都已入睡,没有人看到泰山逃出来救赫可夫的事。那些柱子也被掰回原位,几乎很难看出被挪动的痕迹,而且也不会有人相信,因为之前也有很多囚犯曾试图掰弯它们,但从来都没有人成功过。

赫可夫领着泰山,走过一条很短的过道,来到普托姆的房间。赫可夫打开房门时,泰山看见二等祭司都睡在他们那坚硬的长椅上,防水衣挂在挂钩上,三叉戟立在架子上。他们在没有任何哨兵的情况下沉睡,神庙之所以无人看守,那是因为他们认为它本就无懈可击。

两人小心地从挂钩上拿走了三套防水衣和头盔,还有三把三叉戟,穿过房间来到对面的门口,没有惊醒一个普托姆。

"到目前为止,神还是站在我们这边的,"赫可夫小声说,"如果我们能够通过气室而不被发现,那就有机会成功了——前提是我们能及时赶到。"

当水位达到海伦的肩膀时,她彻底放弃了所有自杀的念头。她要坚守生命,直至最后一刻。他们也许可以剥夺她的生命,但不能剥夺她的勇气。随着水位慢慢上涨,她站到了梯子的最下一级。

海伦等待着死亡的来临,而往事也慢慢涌上心头,有愉快的,也有悲伤的。她思索着人类追求暴富的徒劳,以及它所牵涉到的罪恶和苦难。对于布莱恩或阿坦·托姆来说,就算他们走运,能发个横财,那又有什么意义呢?一个失去了他的妹妹,可能还有他的父亲,另一个失去了自己的灵魂。这时她不得不往上爬一级了,就这样一步一步，她正在爬向与死亡的约会。

赫可夫和泰山安全走出气室，进入湖水之中。他们穿过普托姆的花园，朝着水牢走去，那里，死神正一步一步向海伦·格雷戈里逼近。这个安静神秘的世界里，一个个黑影在他们身边迂回。

终于，他们游到了海伦囚室上方的气室，赫可夫开启水泵开始抽水，但他们感觉没法抽干里面的水。他们很清楚，下面死囚室里的水已经持续涨了好几个小时，假如海伦此刻还活着，那也很危险。也许，在他们找到她之前，她有可能已经溺亡。

囚室的正下方，海伦还在坚守着生命里那最后一点宝贵的时间，她已经爬到梯子的最高一级，但水位还在不停地往上升。她的头已经碰到了天花板，已经没有向上爬的空间了。死神冰冷的手抚摸着她的脸颊。突然，她警觉起来，听到了上面气室里的嘈杂声。那预示着什么？肯定不是救她的人，说不定又是新一轮的折磨。

气室的水终于被抽干。泰山和赫可夫试着打开通往海伦囚室的活门，但任凭他们怎么费尽周折，还是打不开，就连丛林之王赫拉克勒斯般的神力也无济于事。下面囚室里发生着什么，或者发生过什么——它是一间囚室？还是一座坟墓？一切不得所知。

在泰山和赫可夫奋力打开活门时，一个普托姆醒了。他坐在硬邦邦的长椅上揉眼睛，他刚做了一个奇怪而且令他感到不安的梦。梦里，敌人穿过了他们的房间，他环顾四周，看看有没有什么闲杂人等进入。他习惯性地去找他的防水衣和头盔，这才发现它们不见了，而且另外两个挂钩上也是空的。他立刻叫醒他的同伴们，跟他们说了他起来后看到的一切，还有他刚才做的那个梦。他们都很不安，因为在他们的记忆中，以前从没有发生过这样的事情。于是他们立刻开始搜查，很快，他们发现大殿里有两个犯人不见了。

"赫可夫和那个叫泰山的家伙跑了。"一个普托姆说。

"他们带走了三套防水衣和三把三叉戟。"另一个说。

这时,大殿里的囚犯们都醒了,普托姆对他们威逼利诱,盘问着他们。但他们一无所获,因为囚犯们本身就一无所知,和普托姆们一样,他们也感到很惊讶。

"我明白了!"一个普托姆大叫道,"很显然,他们是去湖底的小囚室救那个丫头了,这就是他们多带走一套防水衣的原因。快!戴上头盔。以阿特卡的名义,快点!"

"我们不能全都走了,否则其他犯人也会像另外两人一样逃走。"一个普托姆建议道。这样只有六个普托姆穿上了防水衣,匆匆进到荷鲁斯的湖水中去追那两个逃犯。他们全副武装,又是三叉戟,又是刀,几个人自信满满,觉得可以轻松征服并抓获他们的猎物。

泰山和赫可夫为了打开活门,耗费了许多宝贵的时间。那门终于松动了,两人一下子推开了它。他们往下一看,下面一团漆黑,一开始什么也看不见。过了一会儿,泰山模糊地窥见一张苍白的脸,似乎漂在水面上。他们是不是还是来迟了?这是已经死去的女孩的脸吗?

海伦抓住梯子飘在水面上,她的鼻子刚好越过水面。她听到上面的动静越来越大,接着活门被打开了,两个普托姆朝下看着她。他们把她拉上气室时,海伦猜想他们一定是来给她施以新的刑罚。

他们给她穿上多出的那一套防水衣,把她带出气室,进入湖水之中。他们穿着防水衣,又戴着头盔,她没法辨认出他们的模样。而且,这时也没有什么可交流的方式,她就一直跟着他们,也不管他们是谁,只是在心里琢磨着自己下一步的命运会是怎样。

赫可夫把他们带出神庙时,穷追不舍的普托姆们发现了他们,立刻追了上去。深水之下寂静无声,逃犯们听不见任何的声响,因此对后面逼近的危险全然不知。直到后来,泰山这个警觉的丛林之王回头看时,发现了正在靠近的普托姆们。

他敲了敲赫可夫和海伦,用手指了指,两人跟了过来,这样他们三人背靠背站在那里,等待着敌人的袭击。因为泰山很清楚,现在已经没法甩开他们逃走了。他甚至无法预测这场战斗的结局,他只知道大家都不太适应在这种环境下用武器打斗。防水衣上的一个裂缝可能就意味着要被淹死,而且毫无疑问,他们的敌人个个都是使用三叉戟的能手。但是有一点他还不了解,那些普托姆也跟他一样,不适应水下作战。只是有时面对水下危险生物时,他们不得不自卫,但他们从来没有在水下对抗过人类,而且双方使用的还是同样的武器。

所谓先下手为强,泰山和赫可夫率先动手。此刻,海伦第一次感觉到她可能在朋友的手上,然而这看起来完全是难以置信的,她怎么会有两个普托姆朋友呢?

第一回合的交战,就死了两个普托姆,剩下的四个普托姆变得更加谨慎。他们小心地向敌人围过去,等待着时机。但三人的防守天衣无缝,似乎没有什么破绽,三人紧紧靠在一起,每个方向都有一人高举三叉戟,指向前方,这样就很难引他们出动。突然一个普托姆跳到他们的头上,从另外一个角度发起攻击。他一动手,同伴们就一拥而上。但他们靠得太紧,其中两个当即死在赫可夫和泰山的戟下。这时,上面的普托姆自上而下刺向泰山,而海伦突然用她的三叉戟往上一刺,正中那家伙的胸腔。他扭动着身体,就像一条被刺中的鱼,看起来恐怖极了,随后就软绵绵地沉到海伦的脚下。

同伴们都死了，最后一个普托姆转身向神庙逃去。但是泰山担心他逃回去搬救兵，就追了上去，他感觉自己像在噩梦之中，明明很努力却少有成效，甚至是一事无成。但是普托姆也同样要克服水的阻力，然而他却没有泰山巨人般的力量，所以泰山还是渐渐追上了他，而赫可夫和海伦跟在后面。

意识到已经不可能全身而退时，普托姆只好转身被动迎敌。泰山发现他是最最危险的一个敌人，因为他就像一只被困的老鼠一样负隅顽抗。这是泰山经历的最为奇怪的一次决斗，水下怪异神秘的寂静，延缓每个动作的奇异环境，这些都让他感到困惑。他习惯于和对手在同一个水平线上打斗，而不是像现在这样，他的对手突然跳过他的头顶，朝下刺向他。但他挡开了对手的冲击，一把抓住敌人的脚踝。普托姆挣扎着想摆脱开来，用他的三叉戟狠狠地刺过去，但泰山终于恢复了自信，他把普托姆拖向自己这边。

近距离，三叉戟派不上用场，两人都把它扔在一边，掏出了刀子。普托姆恶狠狠地向泰山砍过去，但动作有些笨拙，而泰山试图抓住对手持刀的那只手腕。两人僵持中，一条游得很低的大鱼向他们靠近，这时海伦和赫可夫加速向前，但他们游得很慢，就像两个难看的机器人被一只无形的手拦住了一样。

泰山的手指已经触碰到了普托姆的手腕，他几乎已经抓住了持刀的那只手，突然一条大鱼受到海伦和赫可夫的惊吓，猛冲过去，试图逃跑，重重地撞在泰山的腿上，一下子把他撞翻。泰山向后倒下时，普托姆看准并抓住时机，冲向摇摇欲坠的泰山，手中的刀已经准备好刺向泰山的心脏。但泰山又一次挡开了对手的武器，此时，海伦和赫可夫及时赶到，把他们的三叉戟刺进了普托姆的身体。泰山在水中站稳了，海伦则在思考自己刚才救的是什么人，而他来救自己的目的何在。

圣湖荷鲁斯 | 175

Chapter 26

布鲁勒神庙之谜

布鲁勒神庙里一片混乱与骚动，大殿里满是祭司和士兵，他们都在调查两个囚犯离奇失踪的事儿。笼子上的锁明明还是完好无损，只有达诺猜出了真相，他注意到了关押泰山那个笼子的两根柱子上有轻微的弯曲。

"这一次我们还是有希望的。"他小声对布莱恩说。

一个激动的普托姆跑进大殿，扯掉头盔，冲到布鲁勒宝座前说："不好了，那女的跑了！我刚才去了那个小囚室。"

"跑了？跑哪儿去了？"布鲁勒追问道。

"没有人知道，"普托姆回答，"我只知道她已经不在那里了，而且荷鲁斯湖底散落着六具普托姆的尸体，其中三个普托姆身上的防水衣被脱走了。我们这里有魔鬼啊，神父！"

布鲁勒跳起身来，气得直发抖。"他们不是魔鬼，"他喊着，"只是终有一死的凡人。一个是叛徒赫可夫，另一个是那个叫泰山的家伙。谁要是能把他们抓回来交给我,不管是死的还是活的,什么要求我都答应。如果可以的话,就给我把活的带回来,亵渎布鲁勒神庙的人都得死。教义就是这么写的!"

正当布鲁勒怒不可遏之时,他愤怒的对象们在赫可夫的带领下,已经在荷鲁斯湖底很远的地方了。扒了三个死去的普托姆的防水衣之后,他们就一路跟着赫可夫。按照他和泰山在逃出神庙之前商定好的计划,他坚定地带领他们穿过荷鲁斯湖。幸好他们有多余的三套防水衣,能跟他们心里的计划实现完美对接——这是一个疯狂的计划,也是唯一可能成功的一个。

来到深水区域时,他们下到一个生长着巨型海洋植物的谷底。在这里,他们遇到一些体形偏大的水底生物,那些巨大暗黑的身影在他们身边游弋。因此,他们还要经常不得已击退来自它们的攻击。在暗淡的星光下,高大奇异的植物在他们头上挥舞着枝叶。

海伦是真真切切地被吓住了,她完全不知道这些人是谁,也不知道他们要带她去哪里,更不知道他们的意图何在。她更想不明白,他们是怎么能逃脱这令人望而生畏的重重危险,加之湖底漆黑一片、离奇古怪,更是让人不寒而栗。她感觉自己快要崩溃了,这时,一条大海蛇从巨型树丛里游过来冲向他们。

泰山和赫可夫只能用区区一把三叉戟,应对那可怕的血盆大口,而它那柔软而灵活的尾巴在他们头顶上盘成了螺旋状,就像一把有灵性的达摩克利斯之剑悬在那里,随时可能摧毁他们。它突出的眼球瞪着他们,分叉的舌头不时地从长满尖牙的嘴巴里探出来。突然,大蛇用它的尾巴缠住海伦,游走了。泰山立刻扔掉手上多余的那套防水衣和头盔,纵身向上追赶着它,而赫可夫只能无助地站在湖底。

此时,泰山正好抓住了海伦的一个脚踝,但大蛇那强有力的

布鲁勒神庙之谜 | 177

尾巴把海伦缠得很紧,他没法把她拽出来。他拉着海伦的身体慢慢来到她的上方,以便接近大蛇的身体,同时努力想把海伦拉出来,但大蛇反而把海伦盘得更紧。愤怒的大蛇不停地扭曲着身体,泰山差点支撑不住了。他凭借自己的神力和迅捷克服了笨重的防水衣的阻碍,爬到了怪兽的背上,一次次地把刀插进那冰冷的身体,而海伦在一旁惊异于这个"素未谋面"的圣骑士的勇气和力量。

虽然伤得并不重,但疼痛难忍的大蛇松开了女孩,转向胆敢这样向它挑衅的人形怪物。这时伤痕累累、血流不止、恼羞成怒的大蛇,积蓄了魔鬼般的怒火,它唯一的念头就是毁灭这个威胁到它的莽夫。泰山用利刃挡开大蛇嘴巴的攻击,那大蛇又挨了一刀,被迫开始退缩,泰山一步步爬向大蛇的喉部。狮子、猎豹、羚羊以及很多人类,都是被他切断颈静脉而死的。为什么不用这种方法来对付这条大蛇呢?它已经是血肉模糊了。

终于,他找到了目标,在大蛇喉咙的下方,他看到那块还没有被刀子刺穿的最最细嫩的皮肤,于是他一刀下去,切断了他一直在寻找的颈静脉。血流喷涌而出,大蛇抽搐扭动了一阵。泰山从它背上滑下时,它已经肚皮朝上漂走了。这时泰山慢慢潜向湖底,海伦就站在那里,目瞪口呆地朝上看着他。

天快亮了,不断增强的光线让他们看得更远。泰山四处找着赫可夫,正好看到他走过来,手上拿着泰山刚才丢下的防水衣和头盔。

从这里开始,湖底急速上升。海伦的体力消耗得很厉害,泰山不得不扶着她走完到岸边的路。赫可夫比海伦也好不到哪里去,他摇摇晃晃走了出来,筋疲力尽地倒在岸上。只有泰山未现疲态,仍然精力充沛。

一上岸,他们就脱掉了笨重的头盔。看到泰山的脸时,海伦惊叫了一声:"泰山!但我早应该想到是你,还有谁能像你这样待我?"

"保罗啊。"泰山笑着说。

"你真可爱,"她说,"再一次能有这样的安全感真是太惬意了。经历了那么多磨难,走出那间他们要把我淹死在里面的恐怖房间,能活下来真是太棒了,我还是不敢相信自己真的逃了出来。"

快上岸时,赫可夫叉到了一条鱼,他现在正带着泰山和海伦去一个他熟悉的山洞。海伦和泰山躺在地上休息,他生了一堆火,烤着鱼。

"你们有什么打算?"海伦问泰山。

"赫可夫知道湖的这头藏着一条船。我们觉得来这里找那条船要比去艾什尔的码头偷一条安全,他们现在已经发现我们逃跑了,肯定会处处设有哨兵。今晚我们就划船过湖,然后我和赫可夫就穿着防水衣从水下过去,看看能不能再绕过那些普托姆,把达诺、布莱恩和拉瓦克救出来。这就是我们从被杀死的普托姆那里拿走三套防水衣的原因,本来我们打算到他们房间里去偷的,赫可夫说有一条路就在那附近,但现在就不用特意进入那个房间,像之前那样去偷防水衣了。"

"我们先吃点东西休息一下,"赫可夫说,"然后我就去看看那条船还在不在我藏的地方。已经是很多年前的事情了,不过当时我藏得很隐秘,而且山谷这一带少有人出入,我把船沉到树丛下面的一个小水湾里。"

"不过现在它可能已经腐烂了。"海伦说。

"不会的,我觉得不会,"赫可夫说,"除非见到空气,否则它是不会烂的。"

他们一边吃着烤鱼,一边讨论着他们的计划,回忆着一路经历的这些艰险。海伦问赫可夫如何能在湖底建造一个神庙。"那对我来说,"她说,"是一个工程上的壮举,远远不是艾什尔人可以企及的,因为他们所造的其他建筑没有一个不表明他们在工程方面的知识是多么原始。除了这些潜水用的头盔,我也没看到其他能体现他们创新才能的物件。"

"正是潜水头盔的发明,辅之以一种自然现象,才给神庙的建造提供了可能,"赫可夫解释着,"我们的族群非常古老,已经盘踞图恩巴卡山谷大约三千年了。我们的血统带有一点传奇色彩,不过据说我们最早的祖先从北方南下,来到这里,他们带来了相当发达的文明和丰富的工程知识。有两个派别,或者说部落。一个定居在现在的托博斯,另一个在艾什尔。潜水头盔是一个艾什尔人发明的,他整天喜欢摆弄金属和化学品,想把那些普普通通的东西炼成金子。在做实验的过程中,他偶然发现了一种化学品的组合,浇水之后能生成可供呼吸的空气。但正当他准备把研制出来的一种黑色粉末变成金子时,却遭遇了不测。他认为只需要突然施以重压便可,所以他在一块熔岩上面放了一点那种黑色粉末,用锤子重击。随后就是一声巨响和滚滚浓烟,发明家的房顶被炸塌,而他也随之而去了。他的一个助手目睹了整个过程,而且奇迹般地幸存了下来。虽然他没能炼出金子,却为后世留下了潜水头盔这项伟大的发明。经过彻底改良,现在已经广泛使用,虽然更多用于娱乐,而非其他实际用途。"

"但那跟建造神庙有什么关系呢?"海伦问。

"我正要说这个问题。之前,在离艾什尔岸边不远的地方,就是现在的神庙位置上方的那片区域,那里的湖水总是波涛汹涌,一次射流经常高达五十到一百英尺,而且还发出嘶嘶的声音。形成这种现象的原因成了艾什尔人渴望破解的谜团。所以有一天,一个热爱冒险的年轻人穿着一套防水衣,戴着一个头盔,潜入湖底去一探究竟。他下水半小时后,岸上观望的人们看到他突然浮出水面,而且位置就在怪象发生地上方的水域。那真是个奇迹,他没有死。回到岸边时,他告诉大家湖底有气泉从一个洞里喷出。"

"多年以后,有人想出了在气泉周围建一座神庙的主意,供祭司们和'圣中之圣'居住。他们抓了数千个奴隶,让他们专门切割神庙墙壁的大块熔岩,还制作了大量的防水衣和头盔。工程最困难的部分是给气泉封盖,但最后还是完成了。接下来神庙的建筑开始动工,整个工程耗时近千年,牺牲的生命更是不计其数。神庙刚刚完工并被密封好时,里面自然都是水;但装在气泉封盖里的阀门被打开时,里面的水就通过一个单向阀门被排干了。如今,那个气泉为神庙供给纯净空气,并且驱动着各个气室的门。"

"太神奇了!"海伦评论道,"但是空气供给从哪里来呢?"

"当然,这只是一种猜想,"赫可夫说,"但是原理大概是这样的。图恩巴卡还是一座活火山的时候,在一次剧烈的大喷发中,整个山顶都被冲开,而当被冲走的那一大块坠回火山口时,它就盖住了大量的空气,在重压之下,就形成了一个地下气库。"

"那么如果供给被耗尽了怎么办呀?"海伦询问道。

赫可夫耸耸肩说:"荷鲁斯就会收回神庙。但还有一种说法,神庙下面可能存有大量我们用于潜水头盔上的那种化学品,而它跟湖水一结合,就可以源源不断地生成新鲜空气。"

"这样一个构造的建成得耗费多少劳动和精力,以及多少条人命啊?"海伦感叹着,"这又是为了什么?你们为什么要这样浪费自己的精力呢?"

"你们的族人不为你们的神建造神庙吗?"赫可夫问。

Chapter 27

真神乔恩

玛格拉和格雷戈里在艾什尔上方一个乱石嶙峋的山坡上休息。天空万里无云，炙热的阳光直射在他们身上，图恩巴卡凶险的城墙高耸在他们头上，而他们的脚下，圣湖荷鲁斯平静的湖水绵延向前，远处通往外界的那个隧道入口在召唤着他们，似乎也在嘲笑着他们。

"我们到了，"格雷戈里说，"这一定是进入隧道的秘密入口。"

"是的，"玛格拉说，"就是这里。但现在我们怎么办？"

"根据那些可怜的家伙所说的，"格雷戈里回答，"进入这个陷阱无异于自投罗网，愚蠢至极。"

"我很同意您的意见，"玛格拉说，"即使进了神庙，还是无济于事。我们只会被抓，而且如果泰山那边进展顺利的话，我们还可能会破坏他的计划。"

"不知道海伦、布莱恩、达诺和拉瓦克他们怎么样了，你觉得他们都去神庙帮泰山了吗?"

"他们可能去了,甚至可能又被抓起来了。我们现在能做的大概也只有等了,要不我们到艾什尔城下找个地方躲起来。如果我们躲在艾什尔城和隧道入口之间的某个地方的话,那他们走出山谷时就一定会经过我们那里,因为据我所知,没有其他出路。"

"你说得对,"格雷戈里同意道,"但我担心白天经过艾什尔不太安全。"

"但是留在神庙秘密通道的入口处也同样不安全,艾什尔人随时可能在这里撞见我们。"

"好吧,"格雷戈里说,"我们就试试吧。悬崖脚下一带有许多大块的熔岩可以提供掩护,我们或许可以从那里绕过艾什尔城。"

"我们走。"玛格拉说。

他们艰难地走在乱石堆中,虽然道路崎岖,但他们发现自己完全隐蔽在其中,城里的人根本注意不到。终于,他们接近了湖边,远远离开了艾什尔城。

但他们此刻并看不到湖面,一段低矮的石灰岩山脉挡在他们和荷鲁斯湖之间。山脉依着湖岸绵延约四分之一英里,坡度渐渐变小,与四面的陆地连接起来。山顶上零星地生长着一些灌木和多节的树木,山顶隐没在一片高地之下,从艾什尔城根本看不见。

"看!"玛格拉用手指着说,"那是一个山洞吗?"

"看起来像,"格雷戈里回答,"我们去看看吧。如果能住的话,我们就算走运了,我们一方面可以躲在那里,另一方面,我们在山顶也可以密切注视到他人的行动。"

"那食物怎么办?"

"我想我们可以在山下的那些大树上找到水果或坚果之类的,"格雷戈里说,"而且如果运气稍好的话,我们应该还可以不时地弄

真神乔恩 | 183

到条鱼。"

他们一路说着,走近山洞的入口。从外面看,那山洞似乎很适合他们的需要,但他们还是小心翼翼地往里走。入口处的光线很暗,山洞里面只可见一小段距离的范围,再往里面,就什么也看不见了。

"我还是先探探路,再考虑暂住这里的事情吧。"格雷戈里说。

"我跟您一起。"

山洞里面很窄,变成了一条漆黑的过道。他们顺着过道在几乎暗无天日的情况下摸索向前,一个急转弯之后,光线稍稍亮了一些,这时他们来到一个巨大的洞穴,太阳从洞顶的一个口子里倾泻进来。这洞穴很大,而且充满了奇异的美。五颜六色的钟乳石挂在洞顶或石壁上,形态各异的石笋几乎遍地都是。大自然的侵蚀造就了千奇百怪的石灰岩,它们矗立在五彩缤纷的石笋之中,就像是一位疯癫的雕塑家的杰作。

"多么绚丽的风景啊!"玛格拉惊呼。

"真是太不可思议了,而且颜色搭配得也很漂亮,"格雷戈里也赞叹道,"但我想我们还是应该再往前看看,搞清楚这里是不是安全的藏身之地。"

"是的,"玛格拉说,"您说得很对。洞穴最里头有一个口子可能通往其他地方,我们去看看吧。"

他们发现那个口子通向另一个过道,那过道迂回曲折,里面黑乎乎的,他们两人一路摸着向前探,玛格拉感觉不寒而栗。

"这个地方有点怪异。"她说。

"别胡说!"格雷戈里说,"只是因为这里一片漆黑而已,女人都怕黑。"

"您不怕黑吗?"

"不怕,一个地方黑并不意味着它就很危险。"

"但是,"她坚持道,"我有一种不祥的感觉,好像有看不见的眼睛在注视着我们。"

"哎,那只不过是你的幻觉而已,亲爱的丫头,"格雷戈里笑着说,"你已经有些神经质了。不过这完全可以理解,经历了那么多艰险,我们没有神经衰弱就已经是万幸了。"

"我想那不是幻觉,"玛格拉回答,"我跟您说了,我能感觉到这里不止我们两个人。我们附近有什么东西,有什么东西在注视着我们。我们还是回去吧,赶紧离开这个鬼地方。我能察觉出这里很凶险。"

"你冷静一下,丫头,"格雷戈里安慰道,"这里没有别人。而且不管怎么说,就算这地方有凶险,我们也要把它找出来。"

"希望您是对的,但我还是很害怕。而且,您也知道,我不是那么容易害怕的人。这边的墙壁上有一个口子,可能还有另外一个过道。我们该走哪一条?"

"我觉得我们还是顺着这条往前走,"格雷戈里回答,"这好像是主通道。我们如果改道的话,可能会迷路的。我听说有人在肯塔基或弗吉尼亚或者什么地方的山洞里迷路了,而且再也没被发现。"

就在这时,从他们刚才经过的口子里伸出一只手,把玛格拉掳走了。格雷戈里听到身后一声凄厉的惨叫,迅速转过身来。他吃了一惊,发现就剩自己一个人了,玛格拉不见了。他大声喊着她的名字,但没有任何应答。他转身往回去找她时,另一只手从过道对面的一个口子里伸出来抓住了他。他挣扎着,抵抗着,但这一切都是白费力气。他被拉进一个漆黑的侧道里。

玛格拉也在奋力挣脱,但也无济于事。抓她的那个彪悍的家伙默默地拉着她沿着黑漆漆的过道往前走。她不知道自己是在一个人的手里,还是在一只动物的手里。遭遇了安果之后,她现在很自然地会有这样的疑惑。

过道并不长,走到另一个大洞穴时,那家伙就突然停止了。这时,她看到那个抓她的家伙穿着白色衣服,脸上戴着面罩。看到他白净的手时,她这才知道他不是猿猴,而是一个人。洞穴的中间有一个小池塘,里面还有很多跟他一样打扮的人。

洞穴的最里头,一个宝座立在高台上,宝座前有一个祭台,祭台的正后方有一个不规则的拱形口子,面朝荷鲁斯湖,湖水和洞穴的地面约摸在同一个水平面上。那些邪恶、沉默、白袍加身的身影站在那里,她只能透过他们面罩的缝隙,模糊地看见他们的眼睛,那一双双眼睛都在瞪着她,这给本来很壮观的洞穴平添了一层怪异的色彩。

玛格拉刚被带进来,就看到格雷戈里也被拖了进来。两人无奈地望着对方,格雷戈里摇了摇头说:"这下倒霉了,看起来像三K党。你是对的,刚才他们肯定有人在盯着我们。"

"不知道他们是什么人,"她说,"他们为什么要抓我们。上帝啊!我们还没有受够吗?还要再加上这一次?"

"我现在不再怀疑了,图恩巴卡果然是一大禁地,而艾什尔的确是禁城。如果我能走出去的话,对我来说,这里还会是禁地。"

"要是能出去就好喽。"她若有所思地说。

"我们不是走出了托博斯吗?"他提醒她。

"是的,我知道啊。但是现在我们既没有泰山,也没有希坦。只有我们两个人,孤立无援。"

"或许他们也没打算伤害我们,如果我懂他们的语言的话,就去问问他们了。他们有自己的语言。把我们带进来后,他们就一直在窃窃私语着。"

"用斯瓦西里语试试看吧,"玛格拉建议道,"我们在这个鬼地方见过的所有人都会说斯瓦西里语。"

"我的斯瓦西里语有点蹩脚,"他说,"但如果他们懂斯瓦西里语的话,也许还能听懂我的意思。"他转向离他最近的白衣身影,清了清嗓子,问道:"为什么要带我们到这儿来?你们要把我们怎么样?我们也没对你们做什么呀。"

"你们胆敢擅入真神庙,"那人回答,"你们是什么人?竟敢擅闯乔恩的圣庙?"

"他们是阿特卡的人。"另一个说。

"或者是那个假神布鲁勒的探子。"第三个人说。

"我们不是你们说的那种人,"玛格拉说,"我们只是在这里迷了路的外族人,只想找到图恩巴卡的出口。"

"那你们为什么要来这里?"

"我们想在走出去之前,能找个地方藏身。"女孩回答。

"你们一定在撒谎。真神回来之前,我们会把你们一直关在这里,到时候你们就会知道自己的命运以及死法了。"

Chapter 28

巧遇希坦

休息好之后，赫可夫带着海伦和泰山去找他藏好的那艘船，他们准备借助那条船回到布鲁勒神庙去救达诺、布莱恩和拉瓦克。赫可夫藏船的地方离他们休息的山洞不远，而且一路都是林区，他们不用担心被艾什尔人发现——他们在岸上不时地看到艾什尔人的船只经过，那是他们在荷鲁斯湖下游巡逻，搜寻着来自托博斯的宿敌。

到了那个水湾时，赫可夫分开了上面的一层灌木，朝下面的一湾浅水看去。"明明就是这里呀，"他喃喃自语道，"我记得就是这里，不会弄错的呀。"

"怎么了？"泰山问，"找不到了吗？"

"就是这个地方，"赫可夫重复着，"但船不见了。虽然我当时藏得很隐蔽，还是被人发现了。现在所有的计划都泡汤了，我们该怎么办？"

"我们可以绕过湖的尽头,然后在艾什尔那头的湖岸边,找个靠近神庙的地方下水,可以吗?"海伦问。

"湖的下游都是绝壁,"赫可夫说,"如果我们从托博斯过去,十之八九会被捉住。虽然我之前在托博斯当过乔恩的祭司,但现在没有人会认识我了,到时候我们大家肯定都会被关起来。"

"或许我们可以做一个木筏。"女孩建议道。

赫可夫摇摇头说:"我们没有工具,而且就算有工具,也不敢那么干,艾什尔人肯定会发现我们的。"

"那我们得放弃吗?"海伦追问道,"我们不能那样,不能让保罗、布莱恩和拉瓦克死在那里。"

"有一个办法。"泰山说。

"什么办法?"赫可夫问。

"天黑以后,我游到艾什尔,然后从码头那里偷条船回来。"

"那不可能,"赫可夫说,"昨晚过来的时候,你也看到了我们遭遇了些什么。从湖面游过去的话,你肯定游不过半程。我们还是往回走吧。"

"昨晚能过来确实是万幸,"泰山提醒他说,"下一次可能就没那么幸运了。而且就算我们成功了,还是没有船返回托博斯或是从隧道逃出去。你知道的,我们整个计划成功与否完全依赖于一条船。我今晚就游过去。"

"别去,泰山,求你别去了!"海伦哀求道,"你这是白白去送死呀。"

"我根本不是去送死,"他回答,"我有我的刀。"

于是他们回到山洞等待天黑。赫可夫和海伦没法劝阻泰山,两人只好绝望地放弃了。天黑之后,他们站在岸边,看着泰山蹚进漆黑的荷鲁斯湖水。他们睁大眼睛注视着他向前的每一步,直到他消失在视线中,即便这样,他们还是待在那里,凝视着眼前黑暗的虚空,而下面的湖水更是墨一般的黑。

泰山游了大概有一半的距离,一路上都没遇到什么危险,突然间他看见一个火把在前面不远处一条船的船头上闪烁。他观察着,当船改变方向朝他驶过来时,他便知道自己被发现了。这时候要是被艾什尔的船只抓住的话,无疑意味着死亡,不仅对于他自己,也包括他冒死去救的伙伴们,所以他抓住了唯一一个可以避开他们的机会。他一头扎进水里,往外游,试图避开火光的照射范围。回头看时,火光渐渐远去,他觉得应该可以成功了。但当他浮到水面换气,准备继续潜行时,却看到一个黑影正在向他靠近,他知道海伦和赫可夫最担心的事情发生了。这时他想起自己当时安慰他们的话"我有我的刀",于是他抽出刀,脸上还带着一丝微笑。

远处艾什尔的城墙上,一个哨兵看到湖面上火把的光亮,立刻去叫军官。"那一定是托博斯的船,"他说,"今晚艾什尔没有船出去。"

军官点点头说:"我不明白他们为什么要冒险点亮火把。他们一直都是不点火把,在晚上鬼鬼祟祟进来的。哼,是我们运气好,这样我们今晚还能得到赏赐,能给阿特卡和布鲁勒抓到更多的人。"

一条大鲨鱼翻转过身体去咬泰山,他把刀子扎进它的肚皮,撕开了一条好几英尺的口子。大鲨鱼受了致命一击,痛苦地拍打着湖水,鲜血把周围的湖水染得通红,在湖面上引起了一阵骚动,吸引了船上人的注意。

泰山奋力躲避着大鲨鱼横扫过来的尾巴和它那血盆大口,这时他看到更多巨大的黑影向他们靠拢过来,一群沉默、凶猛的虎鲨,先是和它们的同伴一样,被船头火把的光亮吸引了过来,而此刻它们是冲着受伤鲨鱼的血而来。这群恐怖的家伙,它们是来捕食的。

泰山在水下憋得肺都要炸了,他赶紧游到水面换气,确认了那条受伤的鲨鱼完全可以引开鲨群的注意力。看到水面上的反光,他知道自己已经离船很近了,是被抓上船?还是留在水里被淹死?他必须要做一个抉择,已经没有第三个选择了。

冲出水面时,泰山就在船边。船上的士兵抓住了他,把他拉过舷缘。现在他和赫可夫精心策划的所有计划都结束了,因为落入艾什尔人的手中无异于签署了死刑执行令。但当他看了一眼抓他的那些人时,他发现了托博斯的黑羽毛,还听到一个熟悉的声音在喊着他的名字。那是希坦的声音。

他说:"本来我们准备不点火把,偷偷溜过艾什尔城,去河的下游抓几个奴隶的。你一个人在荷鲁斯湖中间,到底想干什么?"

"我本想游到艾什尔去偷一条船的。"泰山回答。

"你疯了吧?"希坦质问道,"谁也别指望能在这湖水里活下来。这里到处都是食肉动物。"

"我也发现了。但我本来以为能过得去,已经游了大概有一半的路程了。希坦,不是我的生命有危险,而是我的那些朋友,他们还被关在艾什尔。我必须到艾什尔去弄条船。"

希坦想了一会儿说:"我带你去吧。我可以在城下的岸边把你放下,但我还是建议你放弃所有这些念头。一旦进了艾什尔,你就不可能不被发现,而一旦被发现,你就没命了。"

"我不想上岸,"泰山回答,"我有两个同伴在湖的对面,如果你能把我们三个带到布鲁勒神庙上方的水域,我就不用上岸去偷船了。"

"你那样做有什么好处?"希坦问。

"我们有防水衣和头盔,可以直接从水下过去。我们要进入神庙去救我们的朋友,而且我还得把布鲁勒和'钻石之父'交给赫拉特,让他放了玛格拉和格雷戈里。"

"他们已经逃跑了,"希坦说,"这让赫拉特勃然大怒。"由于有其他托博斯的士兵在听着,他没有提及帮他们逃跑的事。

"那也没有什么不同,"泰山说,"没有赫拉特的帮助,我们是逃不出图恩巴卡的。我们需要船和食物。我相信,如果我把布鲁勒和'钻石之父'交给他,他会给我们提供必要的帮助的。"

"是的,"希坦也同意,"但你永远也不可能把布鲁勒和'钻石之父'交给赫拉特的。你几乎赤手空拳,怎么可能做到我们这么多年一直都没做到的事情?"

泰山耸耸肩说:"但我还是必须得试试,你能帮我吗?"

"既然我不能阻止你,那就只能帮你了。你的朋友在哪里?"

泰山指着山洞的大概方向。这时火把熄灭了,船头转向湖岸。

六艘船黑灯瞎火地从艾什尔的码头出发,驶向夜晚的黑暗之中,寻找他们的敌人。这时由于火把已被熄灭,他们一时间看不见目标所在。船离岸时,它们呈扇形散布开来,有的向上,有的往下,这样可以实现最大范围的搜捕。

夜空下,泰山所在船只前面的湖岸线只呈现出一个长长的、黑色的轮廓,一个地标也看不见。湖岸看似一条笔直、黑色的线,没有断裂,也没有凹陷,他们找到海伦和赫可夫藏身之处的可能性微乎其微。他们的船就要靠岸时,泰山小声地喊着赫可夫的名字,从他们右边立刻传来应答声。几分钟后,船的龙骨在离岸几码远的地方触碰到了岸边的砂砾,泰山下船,蹚水到海伦和赫可夫那里。他能这么快回来让两人很惊讶,他能回来本身就足以让他们惊讶不已,因为他们也看到了点着火把的那条船,而且以为他已经被艾什尔人给抓走了。

泰山简单解释了发生的一切，然后就一边让赫可夫拿上防水衣、头盔和武器跟上他，一边抱起海伦，扛到肩膀上，蹚水回到船上。赫可夫一上去，那船就调转方向，驶向艾什尔。泰山、海伦和赫可夫立即先穿上防水衣，为方便说话，头盔就暂时没戴。

他们的船静悄悄地滑进湖里，划桨时没有任何声响，因为船上的划手是三十个训练有素的奴隶，他们经验丰富，早就知道了经过荷鲁斯湖下游时必须要格外小心，因为可能会有艾什尔的船只埋伏在这里——艾什尔的士兵们可能会把他们赶到船底，绑在他们的划手座上。大约到了湖中央的位置时，在他们的右边，一个火把突然被点燃，而左边，另一个也被点燃。紧接着，中间四个火把相继被迅速点亮，这样形成了一个半圆形的包围圈，各自向着它们的圆心靠拢。随着火把燃起，艾什尔人震天的战斗口号打破了这个夜晚死一般的沉寂，艾什尔的船只不断前进，包围了希坦的船。

这时，除了立即逃跑，没有什么其他办法能挽救托博斯人了。他们的船头转向湖的下游，试图摆脱敌船的围追堵截。泰山一边忙着戴头盔，一边喊着海伦和赫可夫，让他们也戴上。然后，他抓住海伦的手，同时示意赫可夫跟上，他和女孩一起跳下了船，而希坦催促着他的奴隶快点划。

Chapter 29

神庙被淹

泰山和海伦手牵着手,缓缓沉入黑暗的湖底。即使赫可夫就在附近,他们也完全看不到他。所以泰山索性等着第二天的来临,天一亮,荷鲁斯湖底的神秘黑面纱就会被揭开,没有赫可夫这个向导而贸然出击的话,就等于提前宣告这个行动的失败。泰山清楚,他们也许再也找不到他,但他只能翘首以待,满怀期望。

对于海伦·格雷戈里来说,这是一次可怕的经历,而且想到之前在这个阴森恐怖世界里的遭遇,使之更加难以忍受。隐约可见的巨大身影在林立的树形植物之间游移,叶子在水里的一片黑暗之中轻轻摆动。这样的情境之下,女孩深怕什么丑陋的怪物会出来攻击她。但是已经过了一夜,天都亮了,他们都没受到什么威胁。这对她来说简直就是奇迹,但很可能是因为他们一直都静静地坐在碎石铺就的湖底。如果一直在活动的话,情况可能就不一样了。

初升的太阳光透过湖水照到他们身上，泰山开始四处寻找赫可夫，但他还是无迹可寻。泰山只有横游过荷鲁斯湖，赶往布鲁勒神庙。他也没把握自己一个人能做点什么，但是他们本来也计划在静修期间去神庙救他们的朋友。但三人当中，只有赫可夫熟悉气室房门的机关，他会抽空或填满里面的水，也只有他知道静修的准确时间段。

由于戴着头盔，海伦没法和泰山说话，只是一路跟着他，虽然对他的新计划一无所知，但在这次行动中，她对泰山更有信心，甚至高出了泰山自己，因为这里所有的情况，都跟他了如指掌的丛林，是那么的大相径庭。

他们朝神庙方向游了一小段路就碰到了赫可夫。他也在等着天亮，他很确定泰山也会和他行动一致，他们当时几乎同时跳下水，因此不会离得太远。重逢之后，大家心里都觉得非常踏实。

现在赫可夫游在前面，泰山和海伦跟在后面，三人开始了去艾什尔的艰险之旅，经历了一段时间的犹疑，这时他们又变得信心满满。

还没游多远，他们看到一艘大船的残骸，船的一部分埋在沙子里，船板上长出海洋植物，缠绕在船上奴隶的骸骨上，那些骨头还被锈迹斑斑的链子套在那里，从那些海洋植物的大小就可判断这艘船已经坠毁多年。

赫可夫异常兴奋，他向泰山和海伦示意稍等一会儿，然后就爬进船的里面。不一会儿，他出来了，手上捧着个精美的珠宝盒。很明显，他已经喜不自禁了，但由于被头盔挡住，他没法用言语来表达，只是兴高采烈，手舞足蹈，还在泰山和海伦面前不停挥舞着盒子。他们无法想象赫可夫究竟找到了什么，只是觉得盒子里一定是装着价值连城的宝贝。

他们最终有惊无险地来到布鲁勒神庙。到达神庙附近时,他们每一步都小心翼翼,在普托姆的花园里找到树木或其他植物作掩护,悄无声息地游走在各种遮蔽物之间,每次都要确保看不见普托姆的踪影,因为他们知道随时都会有普托姆从眼前的气室里出来。靠近神庙时,他们找到一个从花园和气室都看不到的地方躲了起来。在赫可夫发出信号告诉他们可以安全进入神庙之前,他们必须一直静静地等着。至于还要等多久,只有赫可夫能猜个八九不离十。他们旁边有一扇窗,如果敢于冒险的话,他们完全可以透过窗户看到神庙里面。但只要外面还有光,他们就不敢冒这个险。所以他们就忍受着疲劳和饥渴等待着,等待着夜晚的到来。

神庙里,笼子中的囚犯正在啃着生鱼——他们的晚餐。阿坦·托姆天花乱坠地说着自己得到"钻石之父",让整个世界炫目于他的财富时的计划。拉尔塔什克怒视着他,嘴巴还在不停地诅咒着。阿克门闷闷不乐于他失去的自由以及自己那已经破灭的帝王梦。布莱恩和达诺小声地交谈着,拉瓦克像一只被抓的北极熊一样,在笼子里踱来踱去。

"我想你的那个朋友泰山已经弃我们而去了。"布莱恩说。

"你会那样想,是因为你不像我这样了解他,"达诺说,"只要他和我们都活着,他就会拼尽全力来救我们。"

"他要是能做到的话,那就得是个超人。"布莱恩说。

"他本来就是个超人——一个完完全全的超人。当然,他可能会失败,但他比世界上任何人都更接近成功。"

"好吧,不管怎么说,他把海伦从气室的折磨当中解救出来了,"布莱恩说,"布鲁勒那个老家伙不会恼怒吗?他也许把她送到一个安全的地方,然后再回来救我们。但是我们在这里度日如年,所以从他走后,好像已经过了很久一样。你当时知道他会去吗?"

"是的,他跟我说过,但我不知道他跟赫可夫是什么时候走的,我当时睡着了。但我相信他肯定把她救出去了,否则他一定已经回来救我们了。"

"除非他死了,"布莱恩说,"不管怎样,我们现在知道他已经救出了海伦,那就是布鲁勒那个老家伙大发雷霆的原因。"

"我是说他们已经离开了荷鲁斯湖——在一个安全的地方。有时候,我会想,如果我不了解这些情况的话,我会疯掉的。"

"我们这里已经有一个疯子了,"布莱恩说着把头点向阿坦·托姆,"不能再忍受第二个了。不管怎样,在我疯之前你先忍一忍,到时候你要是真疯了,也就顺理成章了。"

"他们都在往大殿外面走,"达诺说,"静修的时间到了。我都不知道他们整天静修个什么。"

"静修?狗屁!"布莱恩大骂道,"你问那些侍女们去。"

神庙外面,已经疲惫不堪的三个人还在等着。从昨晚一直到现在他们滴水未进,一声未吭。但现在赫可夫走到窗户对面,离窗户还有一段距离。天已经黑了,他不会被里面的人发现。这时,除了几个囚犯,大殿里没有其他人。他回到泰山和海伦那里,点头告诉他们一切就绪,然后他把盒子放在海伦脚下,示意她待在原地。泰山和赫可夫走后,海伦感觉非常孤单。

两人等的就是这一刻。这一刻他们身上会发生什么?两人开始执行着他们精心设计好的计划,一人叉了一条鱼,然后,他们走进气室,猎物还在三叉戟上扭动。一会儿工夫,两人就穿过了气室,站在通向普托姆房间的过道上。

他们旁边有另外一扇门,就朝着通向大殿的一条通道,正好避开了普托姆的房间。赫可夫试着打开那扇门,但没有成功,他只好耸耸肩膀。现在只能试试去走普托姆的房间了,他们应该还都在里面睡觉,两人这样祈祷着。赫可夫小心翼翼地打开那个房间的门,朝里看了一眼,随后招呼泰山跟上。

他们这次行动的成功与否,完全取决于能否畅通无阻地进入大殿。他们眼看就要成功了,突然一个普托姆醒了,他坐起来看着他们。两人若无其事地继续朝房间那头走,他们的鱼还挂在三叉戟上。那个昏昏欲睡的普托姆,还不怎么清醒,以为他们是自己人,于是就躺下接着睡了。这样他们就安全进入了大殿,而外面的海伦还在黑压压的水里孤寂地等待着。她心情不错,坚信泰山和赫可夫能成功解救达诺、布莱恩和拉瓦克。但她却没有留意到一个身着白色防水衣的身影正从她的后上方游过来。

泰山和赫可夫急忙直奔那些囚笼,把鱼扔到地上。兴奋的囚犯们看着他们,因为他们从没见普托姆有过这样的举动,只有达诺猜出了他们是谁。泰山使劲掰开铁柱,把他们一个个放了出来,还不忘给他们打手势,让他们不要出声。接着他脱下头盔,让达诺、布莱恩和拉瓦克穿上赫可夫手里的防水衣。

"你们其他人,"泰山说,"可以从这条长过道尽头的秘密通道逃出去。你们有没有谁知道它在哪里?怎么打开?"

"我知道。"阿克门回答。

"我也知道,"阿坦·托姆说,"我从阿克门那里知道的。"他一边说着话,一边冲向祭台,一把抱住装着"钻石之父"的盒子,那个引起轩然大波、被诅咒的盒子。

海伦感觉到一只手从后面抓住了她,她立刻转过身来,看见一个奇怪的白色身影正面对着她,这时她那成功结束这次历险的美好愿景瞬间消退了。又一次,她跌进了绝望的深渊。她奋力从束缚她的那只手中挣脱,但却无力脱身。她意识到现在绝对不能被抓,否则会葬送其他所有同伴的自由。她知道自己一旦被抓,他们一定会去找她，这样的耽搁对他们来说是致命的。突然，一阵暴怒之下，她转身拿起三叉戟刺向那人的心脏，但那家伙非常警觉，而且异常强壮。他使劲一拧就夺下了三叉戟，扔在一边。然后他抓住她的一只手腕拉着她向湖面游去。女孩还在挣扎，但却毫无用处。她这是被拉向怎样不可预测的命运？现在谁还能找到她？谁还能救她？

神庙大殿里，泰山和赫可夫付出的一切努力，历经的一切险阻，设计的一切计划都被那三个人愚蠢的贪婪化为乌有，因为当阿坦·托姆抱住盒子时，拉尔塔什克和布莱恩·格雷戈里一下子跳到他身上，三人为了他们冒着生命危险孜孜以求的巨大财富拼起命来。眼看盒子落入别人手中，布莱恩瞬间忘记了之前所有悔改的决心，他已经不顾一切，完全被贪念所控制。

泰山跑向前去劝阻，但他们却以为他也要抢那个盒子，所以就跑到大殿下方，躲开泰山。这时泰山担心的事情发生了——一扇门被冲开，大殿里涌进来一群普托姆。他们没有穿笨重的防水衣，也没有戴头盔，但都拿着刀或者三叉戟。泰山、赫可夫和刚被救的囚犯们准备应战。布莱恩和拉尔塔什克意识到这是一场生死之战，就暂时放弃了盒子，去帮忙击退普托姆们，但是阿坦·托姆拼命守着他的宝贝。他悄悄地溜到众人的后面，朝过道跑去，那过道的尽头，就是通向艾什尔上方那个乱石嶙峋的山腰的秘密通道入口。

这场迎击普托姆的战斗几乎落到泰山一个人的身上。在他身边，只有赫可夫有武器，而其他人都是赤手空拳在奋战，但他们不顾一切，以命相搏，普托姆们节节败退，泰山把他们一个个叉在三叉戟上，然后又扔回他们的队伍之中。

这种情境之下，布鲁勒出现了，他面红耳赤，气得直发抖。

他站在空空的祭台后面，声嘶力竭地尖叫一声，那叫声盖过了两边所有战士的呐喊声和咒骂声。

"我诅咒！"他喊着，"我诅咒所有亵渎神庙的人！你们都要死！玷污'钻石之父'盒子的人都要死！让艾什尔的勇士们为这渎圣的行为复仇！"

眼看他的死对头毫无防备地站在自己面前，带着这么多年积蓄的仇恨，赫可夫双眼充血，跳向高台。布鲁勒后退了一步，尖叫着喊救命。但现在活着的普托姆们都在忙于应战，因为所有之前没有武器的囚犯现在都从倒下去的普托姆那里得到了刀或者三叉戟。

"去死吧，你这个冒牌货！"赫可夫大叫着，"这么多年了，我等的就是这一刻。让艾什尔的士兵来吧，因为我现在就算死也心满意足了。真神大仇得报，你对我的所作所为将会在你的血里一笔勾销。"

布鲁勒双膝跪下，求赫可夫放过他。但赫可夫心里充满了仇恨，他举起三叉戟，用双手把它深深扎进面前这个卑躬屈膝、惊恐万状的人的心脏里。

一个上气不接下气的普托姆，步履蹒跚地来到阿特卡面前，她正坐在她的贵族中间享受一场盛宴。"你这是怎么了？"女王质问道。

"噢，阿特卡，"二等祭司哭喊着，"那些犯人都被放出来了，他们正在杀我们。请您立即派兵，否则里面的人都要被杀。"

阿特卡难以想象布鲁勒神庙大殿里会发生这样的事，但她也意识到那人说的是实情，所以她命令立刻派兵平息暴乱。

"他们很快就能恢复秩序。"她说着回去继续享用盛宴。

最后一个普托姆倒下后，泰山见阿克门也死了，而拉尔塔什克和阿坦·托姆，还有盒子都不见了。"让他们去吧，"他说，"'钻石之父'只会带来厄运。"

"我做不到，"布莱恩说，"我不会让他们走的。你说我在这个鬼地方受罪是为了什么？现在我好不容易有机会可以得到补偿了，别人偷走了它，而你却还在说'让他们去吧'！"

泰山耸耸肩膀说："随你便吧。"他转向其他人说："快，在他们派大军过来之前，我们必须离开这里。"

四人现在都穿好了防水衣，一边朝通向水室的过道走去，一边戴上头盔。布莱恩已经到了大殿的尽头。他第一个发现艾什尔士兵已经冲向他们，随即倒在地上装死，士兵们就从他身边跑过，进入大殿。

其他人看到他们时，还以为他们走错路了。但是赫可夫快速跑向气室，示意他们跟上。泰山不明白赫可夫要做什么，他只知道一旦士兵们进入气室转动阀门，他们就来不及从气室逃走了，到时候他们就会被瓮中捉鳖了。他不愿陷入那样的局面，但他会背水一战，或许能够拖住敌兵，让其他人逃走。他这样盘算着，随即转向大殿的入口处，站在那里，严阵以待。其他人回头时，发现了泰山的这一举动，达诺立即站到了他身边，虽然泰山示意让他先走，他完全不顾。赫可夫飞快冲向气室，拉瓦克本来也可以跟着他安全逃生，但却毅然站到了达诺的身边，直面几乎注定的死亡。

赫可夫慌忙跑向气室时，士兵们在大殿里有些迟迟不敢上前，眼前这个血流成河的"屠宰场"让他们又惊又怕，而且看到面前三个看起来像神庙里的普托姆的人，他们有些不知所措。但是发现只有这三个人时，他们的军官命令他们前进。而这时在众人视线之外的赫可夫焦急地操作气室的按钮，一会儿转动阀门手柄，

神庙被淹 | 201

一会儿拉动操纵杆。

士兵们呼喊着沿着大殿稳步前进，最后一次站在压倒性的优势面前，朝着渺茫的希望前进。士兵们等待机会，寻求兵不血刃的一场胜利。不仅是士兵们这样想，跟他们敌对的三人也抱有同样的想法。

士兵们向三人围夹过来，泰山一对一应付头领，一人拿着三叉戟，一人拿着长矛，达诺和拉瓦克站在泰山两边，和泰山一样，抱着必死之心，心想多杀一个赚一个。双方僵持之中，大水突然从他们身后的门里涌出来。

情急之下，赫可夫还算思维敏捷，行动迅速，他抓住了拯救自己和同伴们的唯一机会。他借助装置，冲开了气室的两扇门，引入荷鲁斯的湖水，淹没了整个神庙。

泰山、达诺和拉瓦克穿着防水衣，丝毫没有受到大水的影响，他们眼看着奔涌的水流把他们的敌人冲了回去，艾什尔士兵们咒骂着、叫喊着，在极度恐慌之中，他们争先恐后地爬到其他人身上，以逃避被赫可夫从神圣的荷鲁斯湖中放出来的大水淹死的命运。但由于大水已经填满大殿，开始溢入神庙楼上的房间，没有一个能逃得出去。三人欣然转身离开了这恐怖的场景，泰山示意达诺和拉瓦克跟上，和他一起向气室走去，海伦还被他留在外面普托姆的花园里等着他们。

Chapter 30

抢夺"钻石之父"

海伦一路被那个"鬼影"一步一步拖拽着，终于来到了险峻的峭壁上，峭壁的顶峰就是艾什尔附近的海岸线。那家伙把海伦拉进一个黑乎乎的洞穴前，对于惊魂未定的女孩来说，那简直就是恐怖的龙潭虎穴。

玛格拉和格雷戈里在洞穴里被关了一天一夜，等待着真神乔恩回来裁决他们的命运。他们并没有被虐待，反而还有东西吃，但他们却总是隐隐地感觉不安，它就弥漫在空气里，在那些人的低语和沉默中。这种不安同时影响到玛格拉和格雷戈里，让他们消沉沮丧。

被抓以后，他们在洞穴中央的水池旁，坐了整整二十四小时，那些白衣身影一直蹲伏在他们周围，突然湖面的平静被打破，现出了两个怪异的潜水头盔，一白一黑。

"真神回来了。"一个祭司喊道。

"是审判这两个陌生人、给他们惩罚的时候了。"

两个身影从池塘里冒出来，脱下头盔时，玛格拉和格雷戈里吃惊得目瞪口呆。

"海伦！"格雷戈里喊着，"感谢上帝，你还活着。我都已经彻底绝望了，以为你已经死了。"

"父亲！"海伦惊呼，"您怎么也在这里？泰山告诉我们说，您和玛格拉被关在托博斯呢。"

"我们逃出来了，"玛格拉说，"但是也许留在那里还会好一些，只有上帝知道我们在这里会有什么样的遭遇。"

跟海伦一起出现的白衣人脱下了头盔，是一个蓄着浓密白色胡须的老者，他吃惊地看着海伦。

"怎么是个女孩！"他叫道，"布鲁勒那个假神什么时候开始招收女普托姆了？"

"我不是普托姆，"海伦回答，"我是布鲁勒抓的犯人，是假装普托姆才逃出来的。"

"她恐怕是在撒谎。"一个祭司说。

"如果他们是敌人的话，"老者说，"我用这个男人的内脏请示神谕之后就明白了。如果他们不是敌人，这两个女孩就用作我的侍女，但如果他们真是敌人，她们就要跟这个男的同样死法，死在真神乔恩和遗失的'钻石之父'的祭台上。"

"如果你发现我们不是敌人怎么办？"玛格拉追问道，"那对这位先生还有什么意义？那时你都已经把他杀了。我们已经跟你说了，我们是战友，没有半点恶意。你凭什么说我们是敌人？又凭什么要杀一个好人？"她的声音充满了情有可原的愤怒。

"闭嘴，你这个臭丫头！"一个祭司喝令道，"你是在和真神乔恩说话。"

"如果他真是个什么神的话，"玛格拉呵斥道，"就应该知道我们不是敌人，就不该把一个清白无辜的人开膛破肚，从他的内脏里找答案。"

"你不明白，"乔恩宽容地说，"如果他真是清白的，而且说的是真话，我取下他的内脏时，他也不会死。而如果他死了，就说明他是有罪的。"

玛格拉气得直跺脚。"你根本就不是什么神，"她叫喊着，"根本就是一个邪恶的老虐待狂。"

好几个祭司气势汹汹地跳向前，但乔恩做了个手势，阻止了他们。"别伤害她，"他说，"她不知道自己在说什么。我们先教导教导她，让她了解真相后，她就会悔悟的。我相信她会是一个称职的侍女，因为她忠诚而又勇敢。在审讯之前，好好对待他们。"

阿坦·托姆沿着布鲁勒神庙的秘密通道往上跑，怀里抱着他的宝贝盒子。他的后面跟着拉尔塔什克，他的心里只有一个念头——杀死他先前的主人，其次才是对躺在盒子里的大钻石的占有欲。他还能听到前面那个疯子的尖叫和胡言乱语，这更是让他怒火中烧。而两人后面跟着布莱恩·格雷戈里，此刻"钻石之父"似乎已是他囊中之物，他早已忘记之前悔过的决心。他很清楚，要得到它，可能不得不去犯谋杀罪，但这丝毫不能阻止他，因为跟许多人一样，他的贪婪已经到了近乎疯狂的地步。

阿坦·托姆这时已经逃到外面，来到那个乱石嶙峋的山腰。拉尔塔什克出来时，看到自己的目标在他前面不过一百码。另外一双眼睛看到了他们两个，那就是巨型公猿安果的眼睛，它正在和手下们在山腰上方的巨石间抓蜥蜴。两人的出现，还有阿坦·托姆的尖叫引起了它的注意。它想起泰山之前跟它说过，除非受到人类攻击，否则不可以攻击他们。但泰山并没有说不可以加入他们的游戏,这对安果来说,就像是一场游戏,如同猿猴们在一起追逐嬉戏一般。当然,作为一只阴沉忧郁的老者,安果已经不太适合这样的游戏了。但它还是改不了猿类喜欢模仿的天性,白人们做什么,它就想跟着做,它手下们的内心都充满着模仿的冲动。

布莱恩·格雷戈里从秘密通道出口走出来时,看到巨型猿群兴奋得叽里咕噜个没完,一个个蹦向山腰上的阿坦·托姆,并且追逐着拉尔塔什克。他看着两人一会儿停下脚步,一会儿又惊慌逃窜,躲开那些从上面冲向他们的强大的人形野兽。

此刻,自然的第一法则控制和左右着拉尔塔什克,他暂时放弃了所有复仇的念头。但是阿坦·托姆还是执着地抱着他的宝贝盒子。安果被这个新游戏逗得很开心,它在尖叫着乱窜的阿坦·托姆身后又蹦又跳,很轻松就追上了他。那家伙以为就要小命不保,一只手奋力地赶走安果,另一只手紧紧地抱着盒子。他不会放弃那个盒子,即便是死!然而,猿猴心里想的不是杀戮,它感兴趣的是这个游戏本身。所以,就像在好莱坞,一个男人抢走另一个男人的老婆那样,猿猴轻而易举地从那个鬼哭狼嚎的家伙手上抢走了盒子,马上蹦蹦跳跳跑开了,安果希望有人会追上来,这样游戏便得以继续。

拉尔塔什克一边跑着,还不忘回头掠过肩膀瞟上一眼,而他看到的是自己的发财梦被无可挽回地击碎,他已经生无可恋,只剩下对阿坦·托姆的仇恨和强烈的复仇欲。新仇旧恨,加之欲壑未填,让他气急败坏,他赤手空拳转身冲向还在鬼哭狼嚎的那个疯子,发誓要报仇雪恨。拉尔塔什克正掐着阿坦·托姆的脖子痛打的时候,布莱恩·格雷戈里赶了过来,他把怒不可遏的拉尔塔什克从阿坦·托姆身上拉开。

"你们两个笨蛋在想什么?"他质问道,"你们的声音还不够大吗？是要把所有艾什尔士兵都引过来吗？我真该把你们俩都杀了，但是现在我们应该不计前嫌，合力逃走，因为弄不好我们永远都见不到那个盒子了。"

拉尔塔什克意识到布莱恩说得在理，但阿坦·托姆已经失去了理智，他心里只惦记着被人抢走的"钻石之父"。在一股疯劲儿的驱使下，他挣脱了布莱恩，尖叫着朝刚才安果带着盒子消失的方向跑去。拉尔塔什克也追了上去，嘴里还骂骂咧咧个不停，但是布莱恩用手抓住他的胳膊，拦住了他。

"让他去吧，"布莱恩说，"他永远都不可能从那猿猴手里抢回盒子——弄不好反而连命都没了。那该死的盒子！这么多人因为它受尽磨难，甚至连命都搭进去了，而那个可怜的傻瓜，已经因为它疯了。"

"也许他是最幸运的一个。"拉尔塔什克说。

"我真希望从来没有听说过它，因为我的贪婪，我已经失去了父亲和妹妹，而且很有可能他们所有的朋友都已经死了。就在刚才，我可能还会拼了命地去抢它，但是那个胡言乱语的傻子让我清醒了过来。现在我不会再去争那个东西了。我不是个迷信的人，但我相信它一定是被诅咒了。"

"也许你是对的，"拉尔塔什克说，"相对于杀死那个疯狂的魔鬼，我倒不那么在意那个盒子，但是神灵们却偏偏这样安排，我也只能心甘情愿地接受了。"

安果毕竟是一只猿猴，改不了本性。它很快就玩腻了它的新玩具，随手把盒子扔到地上，它的心思又回到了抓蜥蜴这件事情和寻找其他美味的食物上。它正准备带着它的族群去找食物时，突然又被大声的尖叫给吸引了过去。它们站在那里看到阿坦·托姆正向它们跑来，立刻警觉了起来。阿坦·托姆向它们冲了过来，一下子栽倒在地,紧紧把盒子抱在怀里。对这些容易激动、一点就着的野兽们来说,是立刻跑开,还是向他进攻,这倒是个问题。它们在那里站了好一阵子,显然还在犹豫不决,那眼圈发红的小眼睛冒着怒火。但它们还是缓缓走开了,咄咄逼人的怒吼,也丝毫没能影响到这个可怜的疯子。

"它是我的!它是我的!"他尖叫着,"我发财啦!世界上谁都没有我富有!"

猿群缓缓走下山腰,但阿坦·托姆的尖叫和胡言乱语又一次激起了它们的急脾气。安果正要准备返回,让他彻底安静下来,这时,它看到布莱恩和拉尔塔什克,于是把怒气从阿坦·托姆身上转向他们。他们是塔曼咖尼,安果突然间想杀死所有的塔曼咖尼。

听到猿群的吼声,两人抬起头一看,发现猿群正从山上向他们冲过来。

"这些野兽是来真的,"布莱恩喊道,"我们得赶紧离开这里。"

"那儿有个山洞,"拉尔塔什克指着峭壁方向说,"如果我们能在它们之前进入山洞,兴许能躲过它们的眼睛,说不定它们不敢走进那样黑乎乎的山洞。"

两人以最快的速度赶到山洞里,把猿群远远甩在后面。洞里面还有些许光亮,他们发现这山洞很大,一直延伸到视线之外。

"我们走得越远越好,"布莱恩说,"如果它们进来追我们,那就进退两难了。但或许它们第一眼看不见我们,就会放弃的。"

"前面可能是条死路,"拉尔塔什克猜测着,"但这也是我们唯一的机会,待在外面的话,一定是在劫难逃。"

他们顺着一条昏暗的过道往前走,一转眼间就走到过道尽头,这是一个壮观的石窟,里面瑰丽的景观让他们叹为观止。

"天哪!"布莱恩惊呼,"你见过这么美的地方吗?"

208

"简直美不胜收，"拉尔塔什克也说，"但真是不巧，现在——猿猴们已经来了，我听到它们的叫声了。"

"这个洞穴的那一头还有一个山洞，"布莱恩说，"我们试试那个。"

"也没有其他办法了。"拉尔塔什克回答。

两人消失在洞穴后头一个漆黑的口子那里，安果和它的手下涌入洞穴，它们对洞里的美景无动于衷，此刻主宰它们的念头还是追赶布莱恩和拉尔塔什克。哪怕一个臭虫、一只甲壳虫，或是一只蝙蝠，都可能会转移它们的注意力，让它们跟着追上去，因为它们没法专注于一个目标。但这里连那些东西都没有，所以它们只能在石窟里到处找它们的猎物。围着这地方转了一大圈，它们在石笋后面张望着，这里闻闻，那里嗅嗅，浪费了很多时间，而布莱恩和拉尔塔什克已经顺着另外一条通道，深入到洞穴的中心。

Chapter 31

乔恩神庙

泰山一行急匆匆地从气室出来,来到湖底海伦等待他们的地方。虽然盒子还完好无损地留在原地,但海伦却不见了,无迹可寻,而且不知从何找起。他们不敢分散,所以就跟着泰山,在普托姆的花园里,从这头走到那头,寻找海伦的踪迹。他们正找着,泰山注意到有好几只大型海洋动物正向他们靠近,它们的上半身酷似马的头颈部,一共来了六只,显然来者不善。赫可夫知道它们极其危险,其他人很快也意识到了这一点,因为它们的体形跟人类差不多,而且还有又尖又长的犄角,那犄角从鼻子下方笔直朝上长着。

两只同时向泰山攻过来,另外三只分别进攻其他三人,而第六只在那里围着他们绕圈,似乎是在等待时机,出其不意地向敌人发起进攻。泰山已经解决了一只,而达诺对付他的那只似乎也游刃有余。拉瓦克被步步紧逼,眼看第六只海马从达诺背后游移过去,准备用犄角刺向达诺的时候,拉瓦克转身去救他的同伴,这就给刚才与他交战的海马留下了机会。

虽然拉瓦克以前误会过达诺,但此刻他英雄般的壮举,足以将功补过,他还因此付出了宝贵的生命。因为他躲开自己的敌手去救达诺时,那只海马强有力的犄角刺进了他的肩膀之间。就这样,雅克·拉瓦克中尉英勇地牺牲了。

泰山的三叉戟刺向第二个敌手的心脏时,剩下的海马都灰溜溜地游走了。达诺单膝下跪,跪在拉瓦克身边,竭尽所能检查着他的身体,看是否还有救。他站起身来,直摇头,其他人都明白了,三人悲愤地转开身,继续他们徒劳的搜寻。他们心里可能还在想着,在这个危险重重、生命危如累卵的地方,下一个牺牲的会是谁。

最后,他们一致同意放弃搜寻,甚至连达诺都觉得海伦一定已不在人世。在赫可夫的带领下,他们从湖底急剧向上,游到湖岸,来到艾什尔城下不远处。

达诺悲痛欲绝,而赫可夫心里重新燃起了希望,因为他知道盒子里面装的是什么,也知道它对自己有多重要,只有人猿泰山不动声色。

"布鲁勒已经死了,"泰山说,"'钻石之父'也被偷了。我得回到托博斯,因为我答应过赫拉特。"

"如果你想留在这里找其他朋友,就没那个必要了。"赫可夫说。

"我会跟赫拉特解释的,而且就凭你把这个物归原主的功劳,他会给你任何赏赐。"说完他敲了敲盒盖子。

"里面装的是什么东西?"达诺问。

"这里面是真正的'钻石之父',"赫可夫回答,"许多年前,真神乔恩坐在一艘大船里,游圣湖荷鲁斯——他每年都要游一次。按照惯例,他把'钻石之父'也带在身边。女王阿特卡对赫拉特

乔恩神庙 | 211

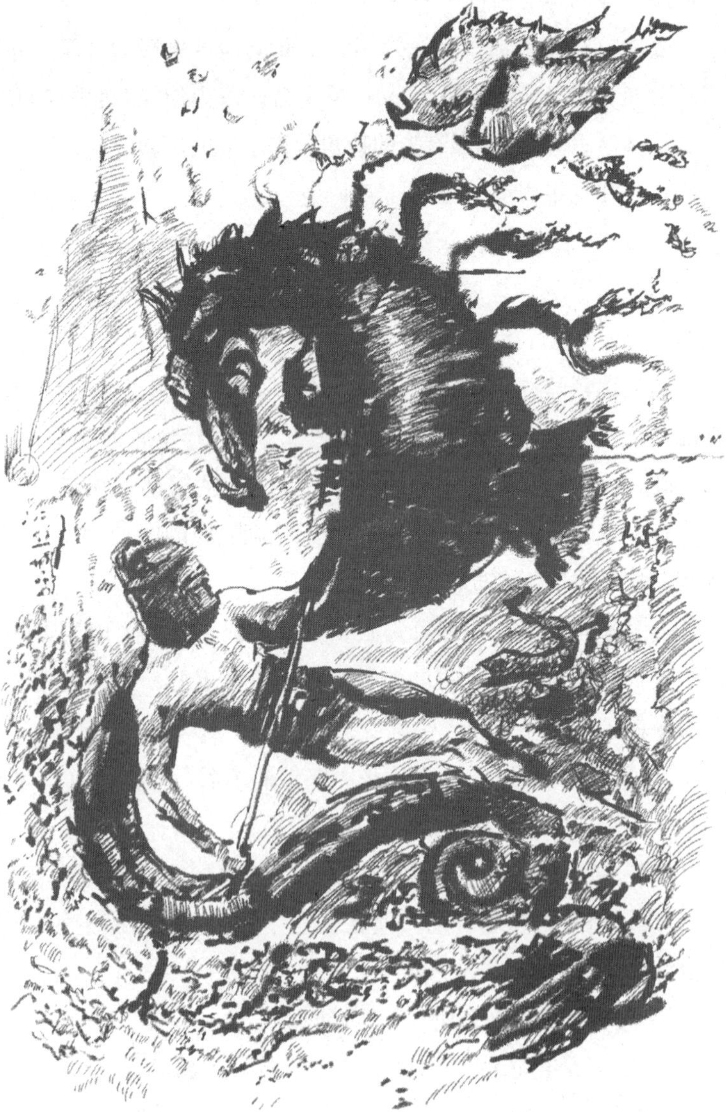

心怀嫉妒，于是就对他们发动突袭，击沉了那艘船。乔恩被淹死在湖里，而我也沦为阶下囚。泰山，你可能还记得我们在荷鲁斯湖底发现的那艘沉船，我还认得它，就去找回了躺在那里这么多年的盒子。我想现在如果我们把'钻石之父'归还托博斯的话，赫拉特一定会答应我们的任何要求，就是因为没有它，托博斯这么多年都没有一个神。"

"你和赫可夫把盒子带给赫拉特，"达诺对泰山说，"我暂时不能离开这里。海伦可能还活着，可能会从这里上岸，我还是不相信她已经死了。"

"赫可夫，你把盒子交给赫拉特，"泰山交待着，"我陪达诺留在这里。告诉赫拉特，如果他希望我回去的话，我会回去。不管怎样，我还是要去的，要离开图恩巴卡，我们必须得有艘船。"

赫可夫快速回到托博斯，赫拉特得知他就是失踪多年的祭司赫可夫，而且"钻石之父"也在他手里后，立刻召见了他。所以到达城门不久，赫可夫就站到了国王面前。

"啊！赫拉特，这就是装着'钻石之父'的那个神圣的盒子。如果不是泰山，它可能永远都找不回来。他和他的朋友们还处在极度危险之中，因为他们还在离艾什尔不远的地方。您能派船去救他们吗？"

"有了它，"赫拉特摸着盒子高声说，"我们的军队永远都不会输，因为我们又有神灵的保佑了。"他转向一个侍从说："命令所有战船做好准备，配齐人员，我们要立刻攻打艾什尔。真神乔恩的子民最终会战无不胜，那些叛徒和恶人都将被毁灭。我们将赢得全面的胜利，现在只缺少圣乔恩的肉身了。"

"他的灵魂将与我们同在。"赫可夫提醒国王说。

于是国王赫拉特率领大批战船从托博斯出发，去报阿特卡杀害真神乔恩之仇,也是去救援那些帮他们从荷鲁斯湖底找回真正"钻石之父"的陌生人。王后曼瑟博和她的侍女们在码头向他们挥手,祝愿他们旗开得胜。

真神乔恩和他的祭司们聚集在荷鲁斯湖岸边那个洞穴里的神庙中,三个囚犯站在宝座前的祭台下,乔恩一声令下,几个祭司抓住格雷戈里,扒下他的衣服,把他横在祭台上,乔恩从宝座上起身站在他的上方。

"以此人的内脏,请神谕明示!"他大声说完,停了下来。祭司们吟唱了一段怪异的圣歌,海伦和玛格拉惊恐而无助地在一旁看着。

"不!不!"海伦叫喊着,"你们住手!我父亲没有做什么对你们不利的事。"

"那他为什么会来到禁地图恩巴卡?"乔恩质问道。

"我已经跟你说过很多次了,我们只是来找我哥哥的,他失踪了。"

"那你哥哥又为什么要来这里?"

"他是陪同一支科考队来这里的。"女孩解释着。

乔恩摇摇头说:"从外面来到禁地图恩巴卡的人都得死。我们知道他们来这里的真正原因,他们不过是为了'钻石之父'。对于我们,它是神性的象征,而对他们来说,则是价值连城的物品。他们为了得到它而不择手段。他们玷污了我们的神庙,杀戮了我们的族人。虽然实际上他们不可能得到它,但这无法减轻他们的罪孽。"

"我父亲不会做那样的事。他只想找回他的儿子,他根本不在意你的钻石。"

"现在已经没有什么钻石可偷了,"乔恩说,"因为'钻石之父'

已经沉在湖底，永远都找不回来了。如果我误以为你们来这里，只是为了偷钻石的话，那你们可以自由离开。我很公正。"

"但你的确是误会了，"海伦强调说，"请听我一句话！如果你杀死我父亲……噢，就算你后来发现自己错了，这对你又有什么意义呢？"

"也许你说的是实情，"乔恩回答，"你也可能在撒谎，但是神谕不会，从他的内脏里，神谕会给出明示。真神祭司们，准备献祭！"

祭司们把格雷戈里的四肢绑在祭台上，在他身上洒着一种液体，其他人开始吟唱一段庄严的圣歌。

海伦向乔恩张开双臂。"求求你！"她哀求着，"如果你真要献祭，就用我吧，别用我父亲。"

"住嘴！"乔恩命令着，"如果你说了谎话，你的死期也就要到了，我们很快就会知道。"

赫可夫离开后，泰山和达诺开始赶回艾什尔。他们没有什么计划，也不抱多大希望。海伦如果还活着，她可能还在艾什尔。如果她已经死了，达诺就不会在乎自己的命运会如何了。至于泰山，他只着眼于眼前。

突然间，泰山警觉了起来，他指向他们前方的峭壁。

"安果的一个手下刚刚走进了那个山洞，"他说，"我们去看看。猿猴通常不进山洞的，一定有什么非同寻常的东西吸引它进去，我们看看就知道了。"

"何必呢？"达诺质疑道，"我们关注的又不是猿猴。"

"我关注一切。"泰山回答。

布莱恩和拉尔塔什克步履蹒跚地走在黑乎乎的过道里，他们突然撞进了洞穴里的神庙，正好看到格雷戈里即将被献祭。真神乔恩看到他们，往后退了一步，把持刀的手放了下来，贴在腰间。

"以伊西斯的名义！"他喊叫着，"谁敢阻拦？"

"布莱恩！"海伦喊着。

"海伦！"布莱恩冲向他的妹妹，但五六个祭司立刻跳上前去抓住了他，而跑向哥哥的海伦也被其他人拦住。

"这两个人是谁？"乔恩质问道。

"一个是我哥哥，"海伦回答，"布莱恩，快告诉他，我们不想要他的钻石。"

"别浪费唇舌了，小伙子，"乔恩厉声说，"只有神谕会说出真相！继续献祭，找出真相！"

和泰山一起进入乔恩神庙外围的洞穴时，达诺惊呼道："真是美不胜收，叹为观止！"

"是啊，"泰山同意道，"但是刚才我们眼看着进来的猿猴呢？我闻到了，这里有很多猿猴。它们刚进入这个山洞，它们到底为什么要进来呢？"

"你是丢了魂了吧？"达诺质问道。

"那我可不知道，"泰山笑着说，"但我还有脑子。快，我们去找那些猿猴，我还闻到人的气味。猿猴身上的臭味太重了，几乎盖住了人的气味。"

"我什么也没闻到。"达诺一边说着，一边跟着泰山走向洞穴尽头那个神庙的入口。

乔恩大发雷霆。"不要再有任何耽搁！"他喊道，"有很多问题要请示神谕。肃静！要想听见神谕，必须要在安静的环境下给他开膛。"连续三次，他在躺着的格雷戈里身体上方举起祭刀又放下。他喊道："神谕啊，请明示，让真相大白吧！"

他把刀尖放到格雷戈里小腹下端时，巨型猿群在安果的带领下，涌入了洞穴，祭祀仪式又一次被打断，乔恩和他的祭司们可能是平生第一次看到这些浑身毛茸茸的人形野兽。

这么多塔曼咖尼人,还有祭司们怪异的衣着,激怒了猿群,也冲昏了它们的头脑。结果它们没有受到任何挑衅,就向人群发起了攻击,完全忘记了泰山的禁令。

控制格雷戈里的祭司们心惊肉跳,吓得放开了他。格雷戈里从祭台上滑了下来,身体依着祭台,几乎就要昏厥过去。乔恩提高嗓门发出苍白的诅咒和命令,而其他人都在奋力抗击猿群。

祖叟和加安看着两个女孩,祖叟想起之前安果抓住了一个女塔曼咖尼。在猿类天生的模仿欲的驱使下,它抓住了玛格拉,而加安也效仿它的同伴,抓住了海伦。然后两只猿猴试图带着它们的战利品逃出洞穴。它们一时犯糊涂,不小心走进了另外一个陌生的通道,这条通道急剧上升,通向更高的地方。

这时大家还都没有被猿群打成重伤,一声命令从洞穴的后部响起。"住手,曼咖尼!"那是一种人类无法听懂的语言,巨型猿猴们都转过身来,看到泰山站在洞穴的入口处。连乔恩都停下了他的诅咒。

泰山审视着神庙里的人说:"除了海伦、玛格拉和拉瓦克,我们的人都在这里了,而拉瓦克已经牺牲。"

"她们俩刚刚还在这里的。"格雷戈里说,他匆匆忙忙穿好衣服,而乔恩和他的祭司们都没有阻拦。

"猿群冲进来时,她们一定是在什么地方躲了起来。"布莱恩猜测着。

"海伦在这里!"达诺气喘吁吁地说,"她还没有死?"

"她刚才的确在这里。"格雷戈里说。

布莱恩大声喊着女孩们的名字,但却没有应答。乔恩正努力让自己镇定下来。

祖叟和加安拉着它们的俘虏走在一条很短却非常陡峭的通道里，它们很快就来到通道的尽头，进入了另外一个洞穴，里面有一个拱形洞门，可以俯瞰下面的荷鲁斯湖。祖叟抓着玛格拉的头发，而加安一路拉着海伦的手腕。它们站在洞穴中央，四处张望。现在抓了这两个战利品，它们倒不知如何处置了。它们放开两个女孩，叽里咕噜了一阵子。它们说话时，海伦和玛格拉朝面向荷鲁斯湖的洞口慢慢后退。

"她们是泰山的人，"祖叟说，"要是安果和泰山知道了，一定会杀了我们。"

"瞧她们那一根毛都没有的皮肤，还有那么小的嘴巴，"加安说，"真是丑得要命。如果我们把她们杀了扔进水里，泰山和安果就永远不会知道这事儿了。"

祖叟也觉得这个办法好，于是它走向她们，加安跟在它后面。

"我要杀了你！"祖叟用巨猿的语言咆哮着说。

"我要杀了你！"加安也咆哮起来。

"我看这两只禽兽要杀我们。"玛格拉说。

"我倒宁愿这样。"海伦回答。

"要死也不能死在它们手上，"玛格拉大声说，"跟我来！"

玛格拉一边对海伦说着，一边转身跑向洞口，海伦也紧紧跟上。祖叟和加安冲过去抓她们，但还是没赶上。两个女孩在荷鲁斯湖上空跳了下去，而这一幕正好被碰巧路过的一艘艾什尔战船上的士兵看到。

Chapter 32

攻打艾什尔

神庙这边，心乱如麻的乔恩终于镇定下来，神力一恢复，他便开始发出诅咒。"诅咒所有玷污真神乔恩神庙的人。"他大声喊着。

"乔恩！"泰山惊呼，"乔恩不是已经死了吗？"

"乔恩还没有死，"真神回答，"我就是乔恩！"

"很多年以前，乔恩的船沉入了荷鲁斯湖，他也被淹死了。"泰山坚持道。

"你是怎么知道这些的？"乔恩追问道。

"是赫可夫告诉我的，"泰山回答，"他以前是乔恩的祭司。"

"赫可夫！"乔恩惊呼，"他还活着？"

"是的，乔恩。他现在正带着真正的'钻石之父'赶回托博斯，我们在荷鲁斯湖底那艘大船的残骸里找到了它。"

"感谢伊西斯！"乔恩呼喊着，"阿特卡的战船攻击我们的时候，我穿上了防水衣，戴上头盔，跳下了船，就这样躲过了一劫，后来又发现了这个洞穴。我在这里已经蛰伏了多年，一直等待时机从假神布鲁勒的庙里抓回普托姆们——他们的内心还是忠诚于真神的。如果你说的是真话，你可以带着我的祝福自由离开。"

"但是首先，"泰山说，"我们必须得找到两个女孩。达诺，你跟我一起去。安果，带上猿猴们。你们其他人在主通道里再找找。"

这样，从艾什尔生还的人都去找失踪的女孩子们，而乔恩和他的祭司们为"钻石之父"的安全回归吟唱祷文。

艾什尔人见两个女孩跳进湖里，船上的主将命令改变航向，战船迅速向女孩们的方向前进。海伦和玛格拉见船向她们驶来，想找个地方逃到岸上去。因为她们很清楚，船上只有敌人。但湖岸周围都是悬崖峭壁，根本不可能爬上去。战船很快追上了她们，两人被拉上了船。

一个艾什尔人大喊着："这就是谋杀了神庙钥匙主管齐瑟博的那个女人。今天抓到了她，阿特卡一定会重重赏赐我们的。因为就是这个女人设计冲了神庙，淹死了里面所有的人。"

玛格拉看着海伦。"我们到底还要经历怎样的磨难？"她萎靡不振地说。

"这一定是最后一次了，"海伦回答，"我也希望如此，我真的厌倦了。"

她们到了艾什尔城，被带到阿特卡的面前时，女王对她们阴沉着脸，指着海伦说："神庙被淹，所有祭司和侍女的死，都是因为你！我暂时都想不出怎么惩罚你才能泄我心头之恨，但我会想到的。把她们带走！"

两人坐在地牢里面面相觑，绝望至极。"我在想她要多久才能想好对我们的刑罚，"海伦说，"糟糕的是，她不会把吉尔伯特（维多利亚时代的幽默剧作家）和萨利文（维多利亚时代的作曲家）

叫进来。"

玛格拉笑着说:"难得你还能开得了玩笑,这里的日子就没那么难熬了。"

"为什么不呢?趁现在还活着。很快,我们就要死了,死亡可不是件玩笑事。"

疯疯癫癫的阿坦·托姆,漫无目的地在荷鲁斯湖岸上晃悠,嘴里不停地念叨着凭借自己富可敌国的身家,可以在欧洲奢侈场所享受的事物。他现在已经完全不知道欧洲在哪里了,更不知道怎么过去。他只记得那是一个可以满足一个人所有欲望的地方。他完全沉醉于自己疯狂的幻想之中,根本没看见向他靠近的拉尔塔什克。

拉尔塔什克之前一直跟着格雷戈里父子在寻找海伦,后来跟他们走散了,正好遇见阿坦·托姆,他手里还捧着那盒子。拉尔塔什克立刻抛开一切事情,一心只想着那个装着价值连城的宝贝的盒子。他先悄悄溜到阿坦·托姆身边,然后猛地扑到他身上,两人在地上扭打起来,又是咬,又是踢,又是抓。年轻力壮的拉尔塔什克很快从阿坦·托姆手上抢到了盒子,然后跳起身跑开了。

阿坦·托姆扯着嗓子尖叫着,他捡起一块石头紧追不舍,眼神里充满杀气。眼看已经追不上拉尔塔什克了,阿坦·托姆把石头砸向他,石头正好砸中了拉尔塔什克的头部,他一下子瘫倒在地。疯狂的阿坦·托姆很快骑到他身上,捡起刚才那块石头,用尽全力对着拉尔塔什克的头颅猛砸,直到把他的脑袋砸开了花。阿坦·托姆尖叫一声,仿佛是在向全世界挑衅,然后抱起盒子逃走了。

泰山和达诺循着两个女孩的体味,找到神庙里的第三个洞穴,碰到那两只公猿。

"那两个女孩去哪儿了?"泰山审问着它们。

攻打艾什尔 | 221

祖叟指着荷鲁斯湖说："她们跳进水里了。"

泰山往洞外一看，发现那艘艾什尔的战船正在返城，随后他和达诺回到神庙大殿跟其他人交代了一切。"我要带猿群一起去艾什尔，"他说，"有它们帮忙，我也许能把她俩救出来。"

"我的祭司也跟你们一起去。"乔恩说。于是一行人很快从神庙出发，人类带着三叉戟和刀，而猿猴们有可怕的尖牙和强健的肌肉。

一个神色仓皇的士兵跑进阿特卡的大殿，跪倒在她面前。"女王！"他叫喊着，"一大批战船从托博斯方向来了。"

阿特卡转向她的一个侍从。"把整支船队全部派出去，"她命令道，"今天我们要击溃托博斯的主力。"

艾什尔的军队正在码头登船，泰山从城上方的山腰上往下看，观察着他们的一举一动。他看到远处赫拉特的船队正在逼近艾什尔。

"现在是时候了，"他对手下的"杂牌军"说，"我们要应付的士兵不多了。"

"我们一定会胜利的，"一个祭司说，"因为乔恩已经为我们祝福了。"

几分钟后，丛林之王带领着他的队伍翻过城墙，进入禁城，这是一次贸然之举——他们只有一点渺茫的希望能够把海伦和玛格拉从死亡线上给拉回来。是成功还是失败？谁都无法预测。

在双方士兵的呐喊声中，两支船队正面交锋，毫不留情，双方都把这次交战看作决定谁将永久统治整个图恩巴卡山谷的一战，因此都拼尽全力，决一死战。这场血淋淋的战斗正酣时，另一场战斗也在阿特卡王宫大门前打响，泰山率领他的队伍意在冲击大殿，直面阿特卡。他计划着先控制住阿特卡，因为他很清楚，只要有阿特卡在手上，他便可以逼艾什尔人交出海伦和玛格拉——如果她们还活着的话。

他们最终击溃了大门前的守军，泰山冲在前头，率领一行人进入女王的大殿。

"我是来要人的，"他说，"只要把她们交出来，我们即刻离开，如果你敢说半个不字的话，我们就带着你一起离开。"

阿特卡默默坐了几分钟，眼睛直盯盯地看着泰山。她的身体在微微颤抖，似乎在努力控制自己的情绪。她终于开口了："你赢了，立刻带她们过来。"

泰山和凯旋的队伍带着两个女孩走出艾什尔，路上，玛格拉挽起他的胳膊。

"啊，泰山，"她轻声说，"我就知道你会来，我的爱这样告诉我的。"

泰山连连摇头说："我不想说这些。这种话题不属于你我，而是属于海伦和保罗。"

大获全胜的赫拉特进入艾什尔，成为托博斯有史以来第一位踏入禁城的国王。乔恩从湖边的洞口向外望，他看到艾什尔的军队已经被击溃，胜利的托博斯船队正驶向艾什尔。泰山一行归来，听说赫拉特旗开得胜的消息时，泰山让乔恩派一个信使以真神的名义去艾什尔把赫拉特请进神庙。

赫拉特与乔恩寒暄过后，真神为大家送出祝福。这群陌生人为乔恩神庙追回了"钻石之父"，使得国王和真神得以重聚，乔恩对他们大加赞许。接着，赫拉特为表达他的感谢，向格雷戈里一行提供装备，派船送他们出图恩巴卡。他们的麻烦终于全部得到解决。

"我们终于重聚，而且大家都安然无恙，"格雷戈里说，"这一切，

攻打艾什尔 | 223

首先要归功于你啊,泰山。我们怎么才能报答你呢?"

格雷戈里的话被一阵尖叫声打断了,两个留在洞穴外围入口的守卫拖着阿坦·托姆走进神庙。

"他身上有个盒子,"一个守卫报告说,"他说里面装的是'钻石之父'。"

"赫可夫从托博斯带来的才是真正的'钻石之父',"乔恩说,"它就放在我面前祭台上的盒子里,不可能有两个的。看看这个人的盒子里装的是什么。"

"不!"阿坦·托姆声嘶力竭地叫着,"不要打开它!它是我的,我要等到了巴黎才把它打开。我要用它买下整个巴黎,做法国的国王。"

"闭上你的嘴,凡人!"乔恩命令道。然后他小心翼翼地打开盒子,而浑身颤抖的阿坦·托姆呆呆地盯着里面的东西——那只是一小块木炭而已。

看到那块黑炭,发现真相后,阿坦·托姆抓住胸口尖叫一声,倒在真神祭台前死了。

"为了这个被诅咒的假玩意儿,"布莱恩·格雷戈里感叹道,"我们都吃尽了苦头,而且很多人还因它而死。然而讽刺的是,它竟是所谓的'钻石之父'!"

"人类真是一种奇怪的动物!"泰山说。